爱 琴 海 日 落

爱琴海日落

读《尤利西斯》

张炜 著

广西师范大学出版社
·桂林·

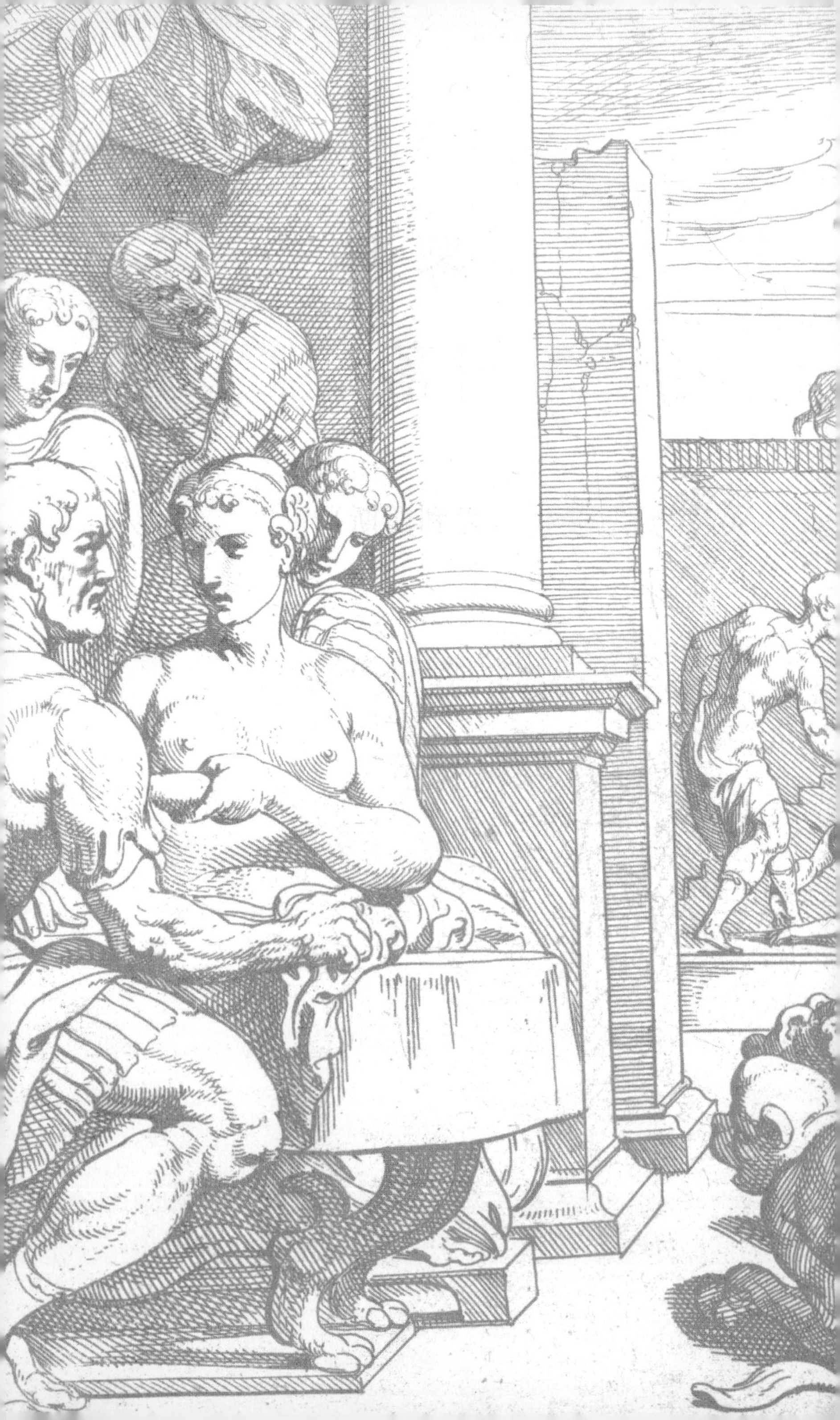

目 录

第一章
都柏林
001

第二章
口 讼
033

第三章
回 家
083

代 跋
125

T. II Tav. 27

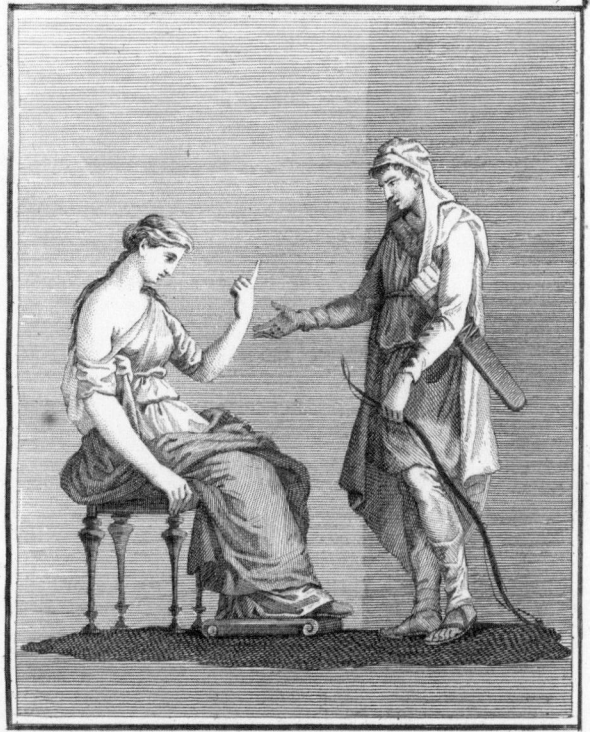

pal uno Rom

第一章　都柏林

1

从碉楼出走的人如果是我

一点都不幸运,简直倒霉极了

躲开酗酒的父亲独自游荡

上午八点,浅浅的都柏林湾

如一汪眼波清澈蔚蓝,瞥向半空

一群鸽子掠过,下面是同居者

窥测的石孔和断断续续的喘息

街巷初醒,微风送来哈欠

一团碎屑在拐角驻留片刻

旋转,聚拢,孤寂,消散

瞬间了无痕迹,宛若蚁群轻烟

咽下一腔苦思寻寻觅觅

怨恨狂躁和无法吐露的愤懑
都吞进胃肠，在心底发酵

2

一群自以为是的傻子驻足围观
一个悍勇的冒险者，一个衰人
以丛林作掩护，且战且退
想象和尝试多种自残的方法

用十八小时走完一条史诗长路
王子与险境，妖冶女人，毒果
禁欲和反抗，装入纸袋的飓风
所有巫术搅拌后加入罂粟甜汁
忍受非人的对应性疾病发作

一个困厄的英雄就此诞生,迎接
一个心生怜悯的看客,庆幸者
侧耳倾听苍茫的渊薮发出哀号
在茂长的水草深处,怪石累叠
呻吟消失得无影无踪,苦恼
缠住阴晦不明的上半场

3

转场的灯一丝丝熄灭,碉楼
在俯视的清洌中渐渐冷凝
一点点消弭,水沫渗进砂粒
内部并不安生,叽叽喳喳

一夜梦境紊乱不堪,等待衔接
早餐变得索然无味百无聊赖

舌根的苦涩赖在洞口不走

整整一个白天都糟蹋了，只有
生殖腺体十分强劲地工作
燃料充足的机车吭吭哧哧
爬向弯曲老旧的铁轨，铁与铁
残酷的挤压和摩擦还能持续多久
靠声音去判断去忧伤去哀愁
度过憋闷和喜乐参半的日子

4

圆圆的小眼镜自负而又自恋
盯住枯燥艰涩的阴性故事
像撒盐一样添几缕阳光，照亮
一碗缺滋少味的汤，湿冷的气候

需要柔善的女性点燃书店壁炉
在小圆桌上冲出浓香的咖啡

暖意和噜噜声逐走不肯离开的
按常规运行的烦琐和怨愤
不得不依赖顽韧和坚持,吃苦
耐劳的身心,奔波于银行和讲坛
文明的拐杖撞击参差的街石
挽住一个命中注定的痴心伙伴

5

让最无争议的伟大雅歌入梦
开始一场短暂而又沉闷的旅程
去终生仰望却又不得进入的殿堂
窃取几块虚拟的基石,装入背囊

沉重压迫下的呼呼喘息让路人
侧目，熟视无睹或正中下怀

未来有多少人从这里借去一杯
浇灌心中的块垒，意淫者真多

这是芸芸众生修筑的永恒
这是屈辱中赚取的倔强和聪明
幻想一把自由而又狂妄的权杖
从我开始，从方寸之地出发
擂响无坚不摧的阴郁的战鼓

6

英雄在路上，经历狂涛与崇岭
七弦琴翻云覆雨搬动刀兵

战舰落帆,泊入黄昏的港湾

一场跋涉最终拐进爱尔兰街巷
化为一片片一节节琐屑的文明
钱币在汗手中传递,通奸的乐趣
由古莎草和羽笔记下,心领神会
设法原谅那个不能停顿的床笫
让最后的高潮作为终结之章
让焦渴的激越化作部落的构想

有毒的迷幻之果一旦吞下
英勇的桨手兄弟就变成了猪

7

那座海上宫阙的庄严和不朽

对应的野心缩微成不足挂齿的
离开极地稍远一些的中欧

它在两河文明一侧,古老小城
有不错的奶酪和茶,凄冷的雨
同样有名,炉火和厚呢绒很重要
幸福总是在对比中使人动容
那个不贞的妻子扮演的角色
从古到今大致如此,却也不可
混为一谈,此刻藏在阴影里
低吟浅唱,抹一点荧光口红

8

用最通俗的方法写下晦涩,用
直接的骗术套取规则和谋略

一百年后将有不招自来的证人
一些害怕贫困的失势者趋之若鹜
为一个沦落之人戴上桂冠

听,手杖声由远而近,再次消逝
这家伙视力差到不能再差

他看到的东西可真多,窝里横
张力的奥秘需要在时空中显现
用反复佐证驱逐虚妄的谣传
指认一条道走到黑的那位勇者
只可惜总是可望而不可即
他需要心狠手辣,口含苦食

9

弑父者启程时天色迷蒙,黎明
还在山后,猿声啼不住的两岸
一片浑茫,尚未升起李白的炊烟

这边厢的异趣和口音吓坏了
等待回程的西部后裔,他们
骄傲地端起抵御风寒的威士忌
与五十三度的透明液体对饮

听过长长的古歌和现代变体
身着长衫的古人赞颂迷你裙
长老帽子高耸,钟声沉重

寒湿的街区飞过一大群白鸽

10

一些心照不宣者结为松散的联盟

人人怀揣一个不言自明的约定

罕有其匹的冒险者以生命抵押

走入杳渺无望的漫漫险途

与巨涌搏斗，醉生梦死，海神

发出无情诅咒，遭遇独眼巨人

从此失去归期，滞留在毫无光荣可言的

昏暗不贞的俗腻之地，庸碌的睡床

堆满破碎的杂物，直至最后

呈与收纳一切垃圾的巍峨学院，那里

门楣镶嵌徽章,代代操练密语
使用二十四个时区的三十六种语言

11

一堆散页掩去多皱的鼓鼓额头
手中的凸镜镶了银柄,怀表
银链闪烁,礼帽下诡秘的眼睛
望向明朗清新的那道天际线

直白而危险的言说,戳纸的针
刺中隔世的孩子,可怜的人儿
他们会看到足够的忍耐和狂妄
却看不见无家可归的创痛和绝望
没人收留的日子无边无际,没人
施舍一粒欲望的口粮,衣食无着

一百年后将有不招自来的证人
一些害怕贫困的失势者趋之若鹜
为一个沦落之人戴上桂冠

听,手杖声由远而近,再次消逝
这家伙视力差到不能再差

他看到的东西可真多,窝里横
张力的奥秘需要在时空中显现
用反复佐证驱逐虚妄的谣传
指认一条道走到黑的那位勇者
只可惜总是可望而不可即
他需要心狠手辣,口含苦食

9

弑父者启程时天色迷蒙,黎明
还在山后,猿声啼不住的两岸
一片浑茫,尚未升起李白的炊烟

这边厢的异趣和口音吓坏了
等待回程的西部后裔,他们
骄傲地端起抵御风寒的威士忌
与五十三度的透明液体对饮

听过长长的古歌和现代变体
身着长衫的古人赞颂迷你裙
长老帽子高耸,钟声沉重

只好做一个残忍无情的血花丐
恐怖而无良,最后把一切输光

威吓和梦呓,还有淫荡的咒语
一起装到幽深腥咸的坛子里

12

鱼的眼睛多么冷漠,真正的深目
连接未知的广漠和上苍的水体
沥出一些颗粒,那是多余的沙
上面有蠕动的活体,行尸走肉
堆成阴沉诡谲的灵智世界

这里有多少堂皇人物,肩章勋位
蓄起沉重的白须和剃个溜光的

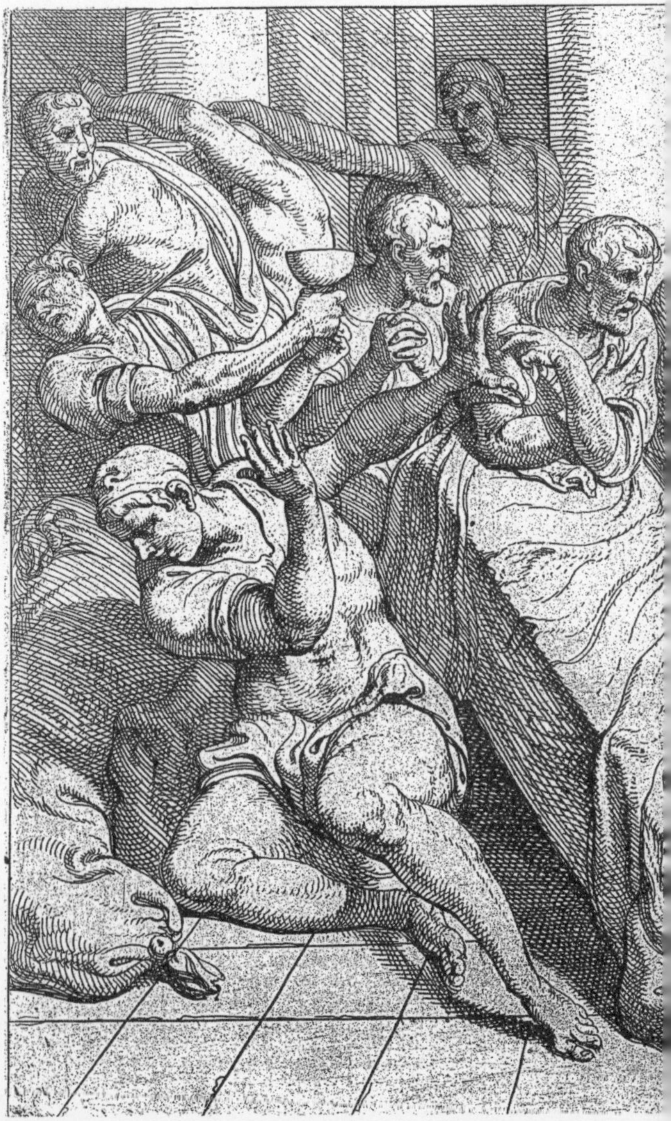

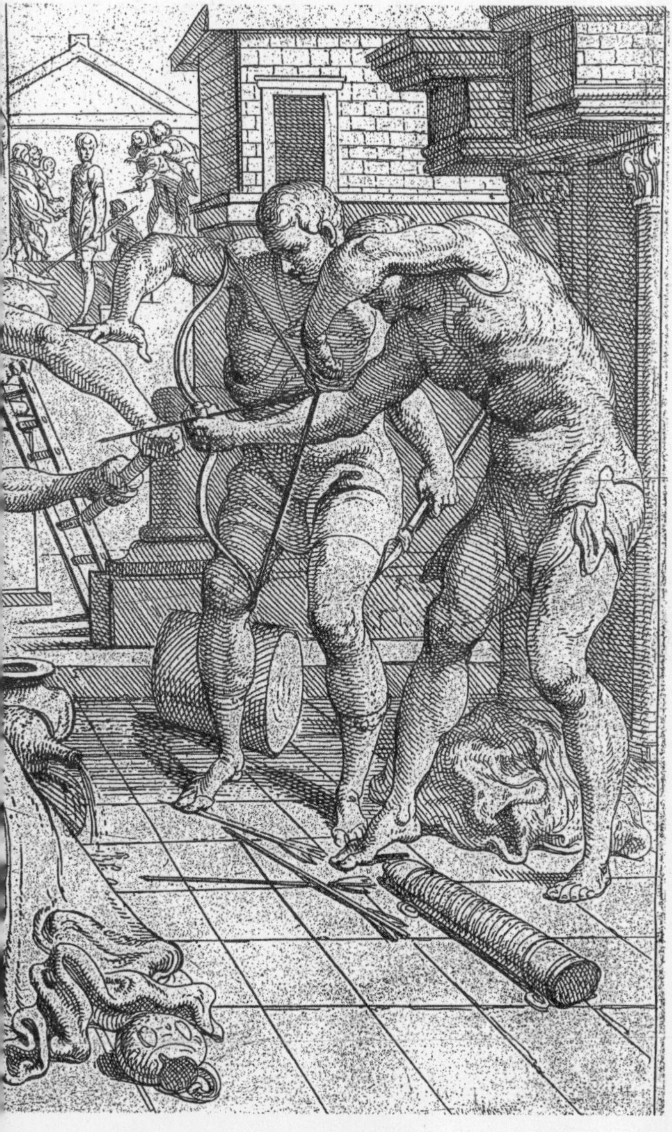

享用了碉楼居客手中的器具
那真不是闹玩的，那东西一划拉
一切也就结束，诱人的血案发生了
呜哇乱叫的车子和警戒线拉起来

从另一个维度看这根本就不是事

13

那就请你从第四维进入界面
假如它真的存在，有古怪的六棱体
用高等学府诠释的几何原理
寻觅一根无缘的度人金针，捏住
以外省人的地狱之音悄悄言说
高声讲述会被讪笑打断，不过
总有人不离不弃，他们以此证明

自己是道中之人,缪斯的嫡传血亲

一桩无头案浮出水面,一场
接一场的事发地被小心记录
呈上公堂,由大祭司合议,再
传递给十二次巡回的国际法庭

无比动人的辩护词录制下来
输入庄严的卷宗并由恒温恒湿
电子监控仪和密钥去保护

14

关乎一种血统和文明的基因
延续的隐秘何其顽韧,必得
从女妖无可抵御的诡计中脱险

在盲人口中九死一生存活下来

独门绝技断不可湮没失传
让一个失意的郁郁而终者
细细打磨，度过极不情愿的岁月
留在阳间，再去阴间，未知之地

所有结局大同小异，这其中隐含
人所共知的神秘，它仍然关于性
激素和欲念，嫉妒和怜悯，还有
可怕难敌的十二指肠穿孔
就这样打发了一位欧洲奇才
熄灭了一道诡异超然的目光

15

这个世界既熟稔又陌生,像钟表
令人眼花缭乱的内脏,运转自如

他试图装卸它们,苦于无从下手
咔咔嚓嚓,无数的沟槽和隐幽
黑夜里游丝颤抖,神奇的咬合
他记下焦灼和窘境,荒唐过
颓废过,直到最后才打起精神
尽管有些晚了,天黑了,人散了

留下的大片空寂比什么都好
揉一下胀痛的眼睛从头开始
忍受退潮时沙子发出的滋滋声
自得其所,病入膏肓,宣布不治

不治之人抬入不朽之境，也就算了

16

申冤在我，于是等待报应
因为旷日持久，人间历法
过于烦琐短促，不守上苍规则
性急的人只好涂鸦等待，只好
将结绳记事的古法加些蝌蚪

泪水干涸时只有苦笑，向窗洞
抛一丝媚眼，留下聊胜于无的
一记异性重拳，没准也会原谅的

最高处比预想的还要宽容，他
顶多在背上放置一枚尖刺

是的,从此受尽折磨,不再骄傲
他总有一天会喜欢这根尖刺

17

请借给一些火药,来不及储备
也没人惧怕阵发式的轰鸣,它以
一丝丝增大的惊愕和温柔撬开
世间隐秘,就像一开始就举起的
滑腻的手柄上镶起的刀锋
在突突跳动的颈上游走,年轻人
真可爱,他们的新鲜麦香味儿
一次次搁上早餐桌,抹上
果酱或奶酪,端起东方人迷惑的
白瓷小杯,又苦又香滋味悠长

漫长平凡的一天照例琐碎匆忙
去图书馆听宣讲，不期而遇的情敌
带来轻微的厌恶和呕吐的想象
算了，亲爱的人儿总有不少瑕疵
一个准备长旅的人只顾向前

18

莽撞多情和虚伪诡秘的古希腊人
隐下风与水的踪迹，阴险沉重的
宫变，造船和流亡，丰腴的丽人
让伟岸英挺的男人一次次遭遇
不可抵御却又最终结束的冒险

怎么都是一辈子，巨人和小丑的
一闪之念，在危崖上引诱的目光

全都源自上苍，他怎可推卸责任
这不是一根小小的刺芒，而是毁灭
是后来那个不朽的圣手写下的
忧郁痛苦的王子，他的惊心一问
那句所有人都必得回答的质询

我们每天带着它，装入贴身口袋
踏着笃笃响的石钉路往前
路边全是不贞的窗口，灭灭闪闪

19

一些粗话终究无法避免，即便此刻
那句引而不发的陈词还是脱口而出
日子太难熬，火药滋滋响，引信
暗红色的火星在迸溅，布道者

还在喋喋不休,全凭高耸的屋顶
他离上边近,就有让人沮丧的权力

这种地方发不得火,那就去海滩
看惨白中缓缓演变的天际融化
积压了几千年的愁绪的硬结
大西洋的浩渺会教导世人
出奇的宽容和直截了当的颓废
会让童话变成谜语,单纯而高尚

是的,在老奸巨猾的庄园里
大伯爵为孩子写下那么多好故事

20

奶油的丝滑在峭岩和苔藓下边

王子已经陷入无可疗救的沉湎

后世的泪人儿可真多,声声叹息
直到最后释然,千回百转的危难
扼腕不已一唱三叹,殿堂庄严
石基下有一把宝剑,一件破衣烂衫
焦黄的食指翻不尽页码,凭它
就能刺激白花花的银子像流水
如果过于庸常,那就听隆隆炮声
死太多人,去墓地,这可不是闹玩的

苟且和悲喜连番接龙的后果
承受了比二流子更晦涩的命运
一切直接写上惊怵茫然的眸子
谁会在乎阁下的心绪和意愿
世上没有太多智者,都是经过伪饰

骗骗孩子，真正的好头脑是石头
它才足够坚硬冷峻，目睹星汉

21

沉默的代名词是石头，貌似平凡
屑末化为恒河沙，所有的沙，包括
伤心无助的布卢姆和斯蒂芬
这两粒并非石英质，浑浊斑驳
并不透明，粘在脚上，一再揩拭
最后归于浪涛推拥的浅浅一片

石头是千古不变的智者，它们
作为世界的额头矗立和傲慢
从不与平俗之物共情和交谈

这就是石头,被风雨洗磨敲击
在雷电下开裂破碎,无声无息
无呻吟无抗议,无色无味无迹
巨与微,喜与悲,长与短,集
大成者,被踏在脚下,任马蹄磕达

22

与情敌碰面的尴尬只是一瞬
好人儿受惠于那个浪子,如此
而已,她闷在心里的事可真不少
会在剧终时给所有人一个交代

她可真敢说,每一句都是大实话
是重复千遍的家长里短,凭此
收获一部迷迷瞪瞪的呓语大全

让傻子和装样的人说时候到了
就这样吧，再好的聚会总有一别

丝绒大幕徐徐落下，铃声响了
手杖戳戳点点的半盲人在一旁冷笑
他一直迷迷瞪瞪，好不了多少
只有一个人该笑，他不是人，不能
以人间常数去度量，不是同一类

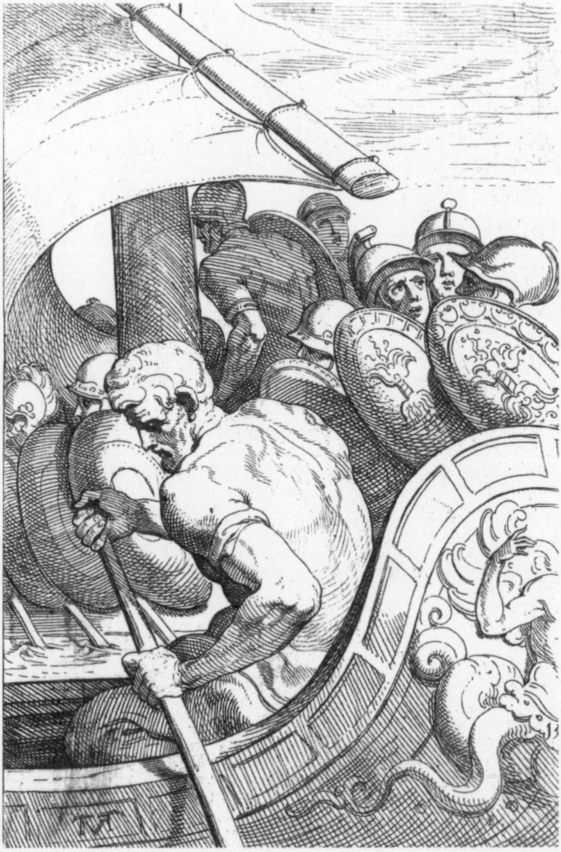

第二章 口讼

23

他们不愿裁撤这份口讼，留给
轰轰嗡嗡的时间，繁衍一片嘘声
这里没有苍莽，却有野物纵横
只要有丛林，就有笼罩的文明

那两个致命的字从古至今
都能让人缄口，不再乱说乱动
管制起来，成为老实的四类人
从此没人敢于辩驳，归顺，服膺

人活着就有不成方圆的规矩
它比逻辑和律条更为坚硬
有勇有谋且不惧一死的大痞子
到处遗留穿越和牺牲的行踪

是的,这才是史诗级的报应

24

那个从未终止的老故事自有源头
它始于希腊的一个岛,因为阴谋
女人和权杖,诡计和甜酒
不得不组建一支船队,筏子和桨
集合起无与伦比的工匠炫技,大船
战舰,众桨手和风帆一齐努力
完成了最快的速度和最大的苦难

一路唏嘘,磨难重重有惊且险
更有流血背叛,阴招和缠绵
它们魅力无限,不论西东,不限古今
手握羽笔的吟唱者心领神会

连这种事儿都不懂的人,就不配
在碉楼上出没,这个廉租房
不会收容他们,让他们露宿街头

日不落那边的腥风苦雨可真难熬

25

后来出了个聪明人叫布罗茨基
一个西窜的诗人,善思未必博学
他有一句话令人动容,他说
对抗邪恶最可靠的方法是极端的
个人主义,异想天开,如果愿意
还可以走得更远,要变得古怪

东跌西撞的爱尔兰人真够幸运

他没有向东走得更远,委屈不堪
他看到了文明的伪饰和全部邪恶
忍受饥渴和欲望的摧折,苦痛
几欲无言,呼号极端极端极端
最后果然异想天开,真的古怪起来
额头眉宇目光礼帽全都古怪

那个茨基说得真好,另一位
东方的小诗人告诉数字时代
他的先生总以朴实随和遮掩古怪

26

这边厢也要如法炮制,孔子
失意的司寇,风光时诛杀少正卯
牛车马车的奔走,银杏树和路边餐

寥寥无几的弟子和寒冷的西北风

道不行乘桴浮于海的念头如同
西部的盲人诗篇,异曲同工
仍旧离不开惊涛骇浪的大海
还有子见南子,又是宫闱之事
女人和权变,刀剑和臣僚
史与书与诗与传唱,楚辞诗经
大致都在一个锅里一只筐里

他想让那场千古周游对应当下
一起在数字海洋里拼命挣扎
有人一再食言,批评那位小诗人
无所不在的比喻和说理,因为
比喻总是蹩脚的,如今已无理可讲

27

他无力也无法舍弃宏大的比喻
就像无法回避庸碌和现世的琐屑
委顿和羸弱,几欲脆折的时光
传到这一端,这根不敢轻弹的弦
随时都会绷断,一曲难终
诗心何去,恐惧和焦思开始泛滥

我也需要一支手杖,时常想起
那个可爱的骄傲的茨基,这小子
一语中的,活得不长,散射出
天才之光,他或许惦念一个人
那个目力稍差的南辕北辙的同行

整个循环就这样完成,时间紧迫

剩下的是消化积食,把电脑关上

28

渐行渐远的身影如同一个时代
不得已的永诀,这是心头之患
之创之痛,一种心结,一叶孤舟
何等凄美的英雄主义,到死都
不承认更雄健更无畏更繁华的诗意
会结在另一根藤上,成为瓜

死死咬住,不松口,如同垂死的
小而韧的古老物种,即圆鱼
那从不出恶声的抗争,坚执
卓绝和顽强,不曾喜形于色的憎恶
告诉与之分庭抗礼的另一方

具体方法是沿着固有的方向沉沦
无论堕落或颓丧,都是不屈的荣光
是风度,是绅士沦陷后的绝唱

29

晚上八点钟,主人被美貌深深吸引
沙丘和海滩上的尤物共有三个
一个是瘸子,然而多美,婉叹

这个世界有接连不断的遗憾,典故
都藏在褶缝中,只要勤奋耐心
就可能与它们相逢,在大经里
固有对应,这是无比微妙之所在
用东方半岛的俚语说出来更贴切
那叫好面子,倒驴不倒架

架子颇大,来自并不堂皇的动物
它善良温驯,一生悲惨,皮做阿胶
苟延残喘的呼哧还是被人听到
真是令人同情,这话他不愿听

30

这边的私聊是孤独的,在斗室
悄音低语,不说白不说,说了也白说
那些西装革履衣冠楚楚者市场更大
他们到处裁决,直到有一天遭遇
财大气粗握有重兵的土老帽,他
即爷,即大个头的海上老大
一开口就吓住栉风沐雨的海鸥
排山倒海的号子将一切覆盖

一卷繁杂的记事簿当值几何

生了虫卵的废纸夹带赃物

被那个汉子中的汉子双指夹住

扔到啃剩的鱼骨和鸡肋之间

一些日子失去,一些日子到来

东升西降的占星家满面红光

站在灰尘四起的街头一阵嚷嚷

31

没有主的人好比旱地草种

不会享用也不会发芽,仰望

一个朴素的保守主义者,诚实的

从圣地留学回来的人,笃信如一

进入了一个系统也就不再游荡

这样的人即便身无分文也算体面

最后的时刻异常笃定,平静坦然

穷得叮当响,却始终不谈钱

比如这几个才高八斗的人被怜惜

面对援助之手伸出又缩回

拒绝了油滋滋的银圆,富裕

从来与天才无缘,他们宿命般沉迷

编织老故事,在寒窗前遥望

伦敦的鸽子和多雾的天空

度过一天又一天,好运迟迟不来

32

这边还记得五斗米先生,老陶

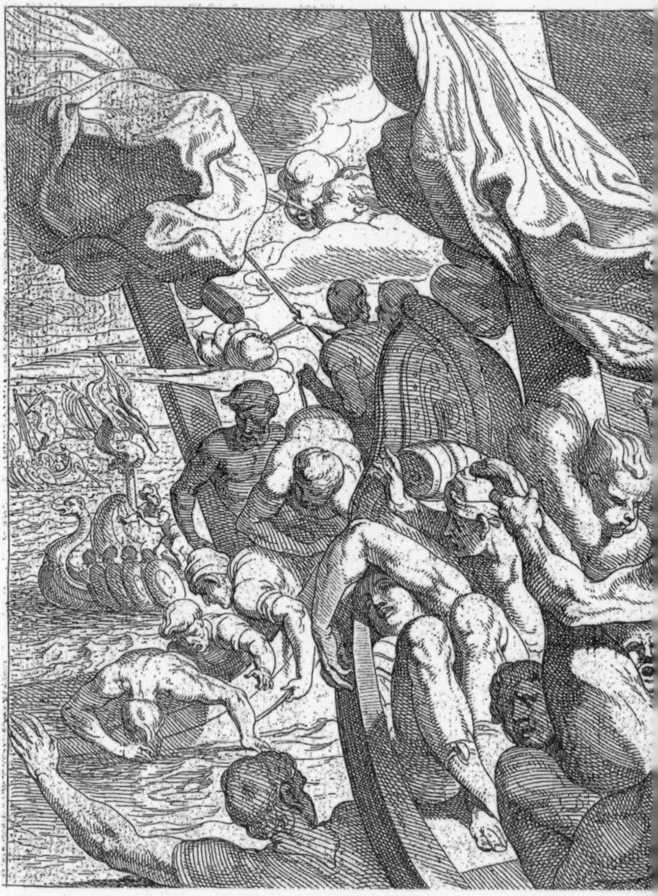

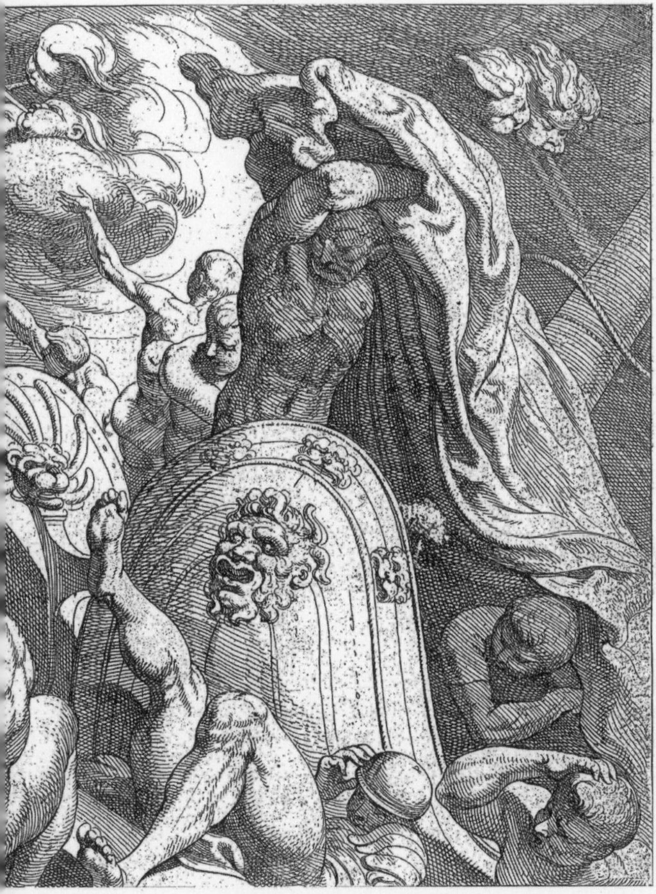

在篱笆前的闲适和辛劳，类似者
分立东西，有一种明显的人格情怀

现代人不必和古人捉对厮杀，但是
我们不约而同想到了荒原先生
他的怪癖，大额头和涂青的脸
严谨的作风与虚弱的身子，咳病
折磨这位绅士半辈子，幸福来得太晚

这个人与雄心勃勃的喜主相识
受到了特殊的引导，于是不朽
不同处是他在生前享用了盛名
而另一个差强人意，没那么幸运
其中缘由不难寻觅，前者
下笔太满太凌乱，折行太少

33

算总账的日子终要来临,而今
只能是而今,我们还要如此面对
这么多行色匆匆,打发不尽的烦恼
仍旧着迷于所有难办而未办之事

怀着对异人的膜拜和天生的好奇
半真半假地钦敬和探究,好吧
大家全都一样,扮作金石家赶赴
一场免费的年终盛宴,结领带
这很重要,少不得持刀叉吃西餐
无论如何这是个全球化时代
数字的锁链把我们捆得又牢又坚

跟上那个古怪的家伙,他的脚步

尽快踏上一条捷径，万无一失
它源于那首不朽的古谣，真金白银

34

这条不长的回家之路过于乏味
让其更加乏味的极端与另一端
首尾相连，关于厌恶也是如此
智与反智的关系最为奇妙，躲避
等于好奇的极致，轻蔑背转的后面
所有无用的细节和疤痕都在
向固有的秩序证明和炫耀，直至
呆板的驯服者彻底沮丧

再次振作已经晚了，时不我待
一场操练即将结束，疲惫属于
整个世界，没有谁一直生气勃勃

包括星辰和秋天的红叶以及蚂蚱

令人不快的俚俗总是一语道破天机
它在说造物主定下的一个铁律

35

既然如此,所有的妄行都被原谅
正如所有的善行都可以接受
无所不包的繁殖求生的筐子里
没有一件东西意外和多余

这场展示不过是小意思,可也足够
让老实人惊叹和惧怕,好人真多
好人维持又毁灭,他们不让世界安生

狠下心不再做好人的顽皮浪荡鬼
总想找个人结伴而行，这事不难
随后跟上来的，大致衣食无忧
吃饱饭是大事情，为了一口饭水
也就不必瞎嚷，话不说不明
混世可以有许多方法，要认真
试验千万次，将大象塞过针眼

这个过程比结果更重要，大象
已磨得有皮无毛，只剩一口气

36

向下的耐心变成难以企及的高雅
陌生大于惊讶，口水难息
想象吃不到葡萄的模样格外快意

勇士娶刺猬为妻,新婚之夜的羞涩

塞塞窣窣的四蹄,可爱的小脸

千万不要过早留下腥臊排泄物

都知道多刺新娘是腌臜高手

红烛怒燃,此刻需要天大的耐心

是的,没有听错,这是非人的隐忍

一场史诗级的婚姻就此发生

一种现象级的记录就此落笔

为了不留一点差错,戴上眼镜

把烛火挑得通明,四野沉寂

无比华丽的盛典就在今夜上演

37

总而言之,长达十八小时的迁徙
离不开古希腊人扎起的青桐筏子
还有浇泼的大雨和无数危难
穿过风暴的多桨战船,鬼魂出没
最终在爱尔兰的面包店化为心法

一根度人金针,小小的,如同
赤脚医生手中的草和那件法宝
三代雇农之子跃过龙门,去西域
追究番茄和胡椒种子的来源
征战之因分别是土地、美女和调味品
口实最多的是义理和信仰,失义者
必得灭亡,王子也要失去权杖

重重宫门后面有泉与花,肥嘟嘟的
女子披挂丝路上驮来的薄纱
骆驼和船互换形影,它们俱为
王子手中点石成金的一支魔杖

38

一个人受尽苦难,野心长成蔷薇
沿厚厚的宫墙攀爬,赶在春天怒放
小小的花束只为庭内那颗芳心

因为沦落,也就格外渴望
一个颇有来历的浪子诉说血缘
未能褪去寒酸的衣装,寻找
所有的机缘显示高贵与不凡
穷讲究在所难免,要强调仪式感

长老困了,长老的胡须洁白如银
从一排蜡烛下走过,风琴声
如同旷野鹿鸣,久久伫立

指认的程序层层堆叠,险些
让瘦骨嶙峋的饥儿就地晕厥
咽下屈辱的眼泪,双唇紧闭
一切的症结,关键的时刻,风度
不言自明,一次又一次占了上风

39

预言苍生受尽辛苦,生存即为挣脱
折磨的内容与形式自然天成
欢愉和畅快只是短暂的幻象
只有生猛的痞子才能揭去伪饰

因堆积有年,曲折和角落真多
粗粗走一趟也要费尽时光,眼镜客
比一般人还要较真,不依不饶
遣散恶劣的心情,把暗处的敌手
一一干掉,兵不血刃,实在老辣

悠闲和忙碌让人无法黎明即起
洒扫庭除过于积极,懒散的智者
与荒淫的伙伴从来都是一对兄弟
这样的日子比常人过得更来劲
按部就班的傻子一旦缓过神来
什么都晚了,他们糟蹋了时光

40

旰衣宵食没什么好结果,无论

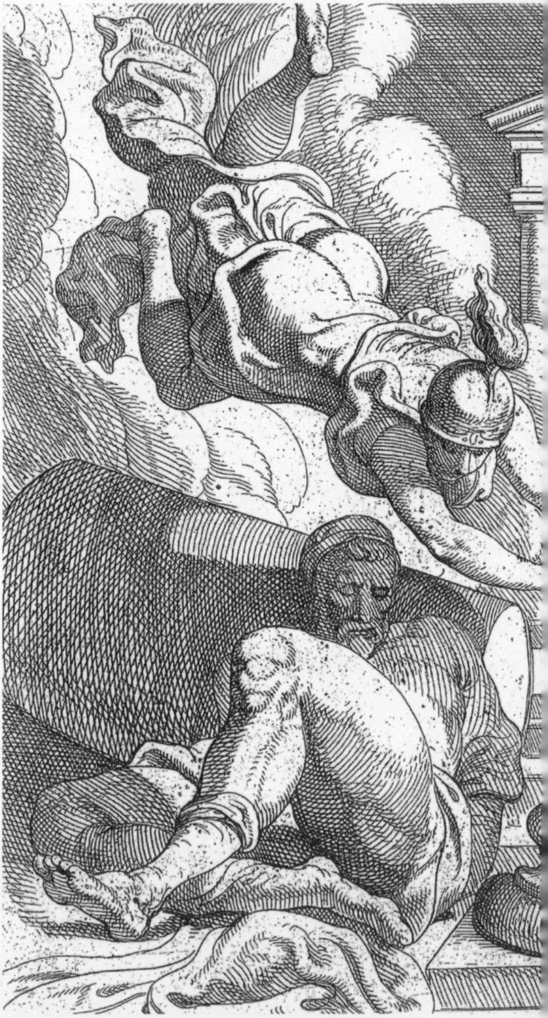

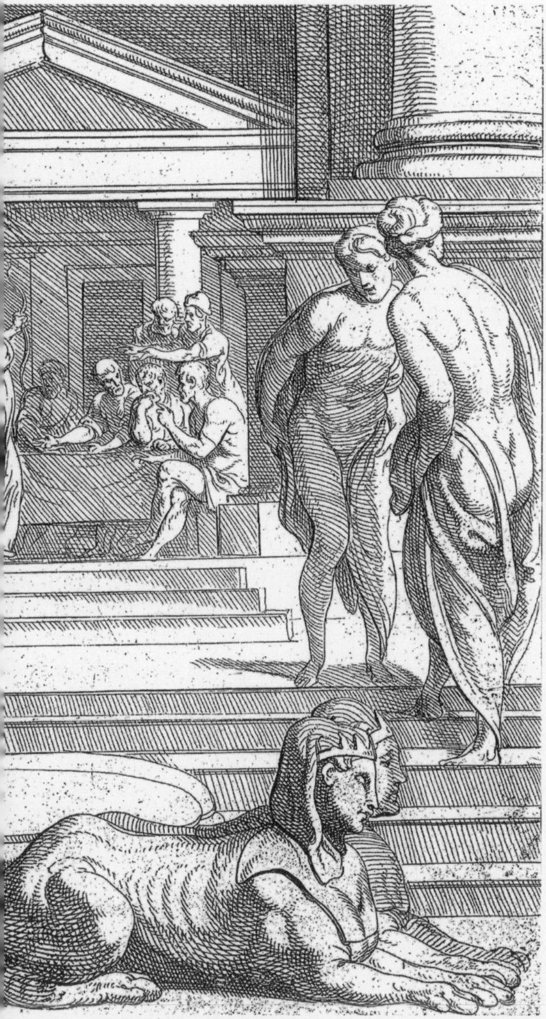

贵胄和庶民,都将一视同仁,欧洲人
慵懒的脾性和得意扬扬的小驼背
长长的周末和迟迟不愿收起的杯盏
埋藏了奇思和猫一样的爆发力

掏出怀表一看,妈的,凌晨三点
该办的正事还没开始,打起精神
使个眼色,今夜有太多迷迭香和酒
神情恍惚的时间超过了亚洲人
潜意识活跃的空间阔如宫殿
岁月的别名叫醉生梦死和懒洋洋
气宇轩昂的年纪好比冰凌,很快融化
不过也要小心头顶的冰锥,要命之物

谁没有被血气方刚的人伤过
谁就把生死予夺的大权交给嫩毛

41

斯蒂芬别有心曲,他在一条长廊
踌躇,好生失落,阴郁局促的心
时而舒展,博得老谋深算者一笑

这里的好日子需要这位年轻人
唇上一层茸毛多可爱,有人惦记
一块刚刚出锅的糕饼,热乎乎
搅动奶精的手戴了孔雀蓝戒指
真想一起去莎士比亚书店
女士们通常总是温良和善
好奇心是她们的专长,俄国人
宅心仁厚的契诃夫有句名言
说女人总是喜欢一些古怪的儿男

这真是一语中的，原理不过如此
阴湿的巴黎没有一处比这里温暖
此地将发生一个奇迹，在四十岁
生日那天送上一份难忘的厚礼

42

一场诉讼留在北美，判决尚未下来
可爱的老人们，还有他们的跟班
一起看守毛茸茸的小窝，目不转睛
把一个大逆不道的欧洲人看成老鹰

这种事太过有趣和刺激，正合我意
手杖敲击的节奏从未改变，仍旧
这般笃定和清晰，透着轻松
而且有效地遮掩了野心和贫穷

安得广厦千万间,这么多远虑近忧
煎熬古往今来,无边落木萧萧下
谁能想到一件朱红色呢绒披肩
护住一副提前枯槁的肩胛,像
得意的花花公子,波澜不惊,闲适
至少是一个玩世的中产阶级老油条

43

因为过分的狂和出人意料的野
他决定不用二手货,从人脸到语言
到一切情感符号,包括空气
从地中海吹来的淤腥过于古老
都柏林的风令人窒息,需要肺叶
层层过滤才变得差强人意,一张口

又是俗腔，又是讲堂布道的变种

只有私下闲聊的趣谈，话中有话
才有一点猥亵的生气，稍稍过瘾
都市的老物件太多了，古董店
一家挤一家散发腐朽的气息
恨不得用午夜的隐性火药加救摧毁
用铅网拖进海妖歌唱的陷阱

水的覆盖一旦完成，也就万事大吉
创世记的故事离不开水，然后有光
凡事总有开始，是的，不要二手货

44

其实最大最幽渺的灾难和兴致来自
那个隐匿的浓艳水妖，滑腻啊
水族的华丽和无以言表的雌性
像一张大网笼罩了整个世界

唯一的方向在闪烁和爆裂，古代
一场热核反应发生在茫海，千年后
余波隐隐飘荡在都柏林街头
在某个角落寻索，眩晕，短促或漫长
耗去一个油腻男的十八小时
在最接近成功时突兀地终场

果然是一位女子以独语了结
死亡和极乐瞬间合而为一

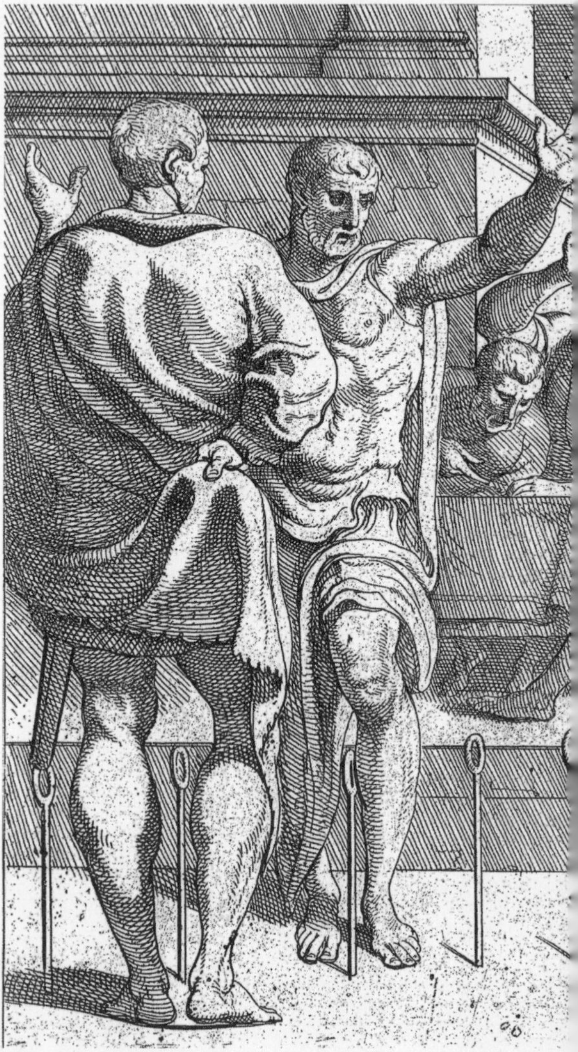

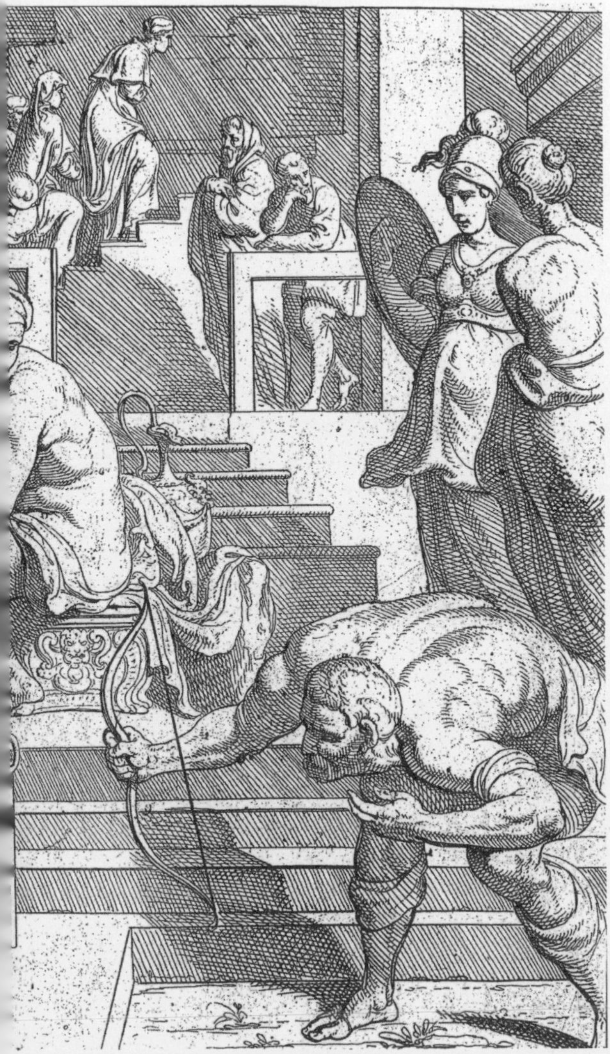

所有乐器全部停息，只留一把琴
高亢细婉或风靡狂嚎，往上爬升
爬到至危的不可企及的高崖
一颗心提到嗓子眼，等待跌落

45

在危机四伏的欲海的漩涡
需要强健的桨手和友伴一起
划向庸众的深处，拼搏和挣扎
最终无法躲过巨大无匹的吸力

人与舟都吞进腹部，剩下自己
前路仍旧是水，茫茫无际
纠集新的划桨人，斯蒂芬
青春的光泽就是买路的金币

攥住他的手就拥有了硬通货
那轰轰作响的洞穴和密林鬼魅
那换取时间的无可抵挡的柔媚

耽搁总是难免的，长长的延宕
用尽所有的耐心，色欲和帆
最具威力的火药受潮，炮口哑然

46

时间还早，天黑前进入海湾
阴晦无察的一角摆满罂粟和酒

何时才能醉倒，这一场豪饮
是命运的中转和对赌，风起了
战舰在峭岩下隐藏，等待月晕

风早已在纸袋中变得激怒和怨愤
伸开摧毁死者和信徒的无形之手
透明的网撒在铅色的天际下
终结与收获还要转过另一片山岬

父亲的牵引没有手势和声音
孩子的依顺和昏昏欲睡的灯火
总要找到一个家，女人和炉灶
甜腻的气息覆盖了大水的喧哗
终于听到老掉牙的声音，呼噜
由那只肥猫发出，她在迎接归来

47

屋里的痕迹令人生疑，王座在
虚位以待中沾上处处污迹，一些

油腻的手摸过,并在梦中拥有

凡是阴风玷污的花都要折掉,凡是
浊手动过的裙裾都要剪除
忍让和泣哭的母亲在焦渴中诉说
唯一的儿子被海水送到彼岸
他会携回一把利剑,将父王的仇敌
斩落在大水沧沧的深渊,将
环绕四周的荆棘和玫瑰一并斩断
在新草地摆好陶杯,注满酒浆
度过默祷和纪念的第一个夜晚

那个在大街上游荡的爱尔兰人
嗅着家的气息心生疑窦,情敌的
憧憧黑影像鬼魅一样围拢和退避
日月的秩序在缝隙中归置,再次

紊乱,一切不过如此,坐下用餐

48

斯蒂芬一直寻找父亲,想要一间
可意的居所,一双异样亲昵的
男子的目光抚慰,端起热饮
历尽沧桑者隐藏了嫉恨和欲念
穿上体面的雪花呢西装谈生意
说服那个顽固的报人,应付
下一程的倒霉鬼,自己和浪子
两个同病相怜者,相互捉弄和成全

只有飙高音的女人自命不凡
在千钧一发时倾吐满腹怨言
退潮的慵懒中泛起层层白屑

留下寄居蟹忙碌的踪迹，钻出
洞穴，在炫目的风与光里奔跑
发出人所不知的大声呼告，世界
如同婴儿一般新鲜，像刚出炉的面包

49

碉楼里只剩下两个人，他们
苦心等待的故事被涨潮淹没
无边的泡沫是奥德修斯携来的
世纪垃圾，英雄和大盗的口涎
是仍旧称之为海洋的咸液
是不倦的苟活和即兴的巧辩
它从诞生之初就变成陈词滥调
没有新生儿，只有蜕化和苍老
层层伤疤和结瘢，堆积和冲刷

垂垂老者将头颅挨紧少女
吸吮未来的乳汁，紧闭枯目
心头闪过一笔紊乱的收支账
像锁链和虫卵一样密密麻麻
地狱之火已经炽烈，如同岩浆

50

一路种植苘麻和花朵，罪孽之籽
撒在曼陀罗中间，收获刺球
熬制止痛的浆液，准备哲人最后
离开城邦的日子，他说双脚凉了
弟子开始泣别和亲吻，长袍汗湿

东方圣人吟唱梁木倒塌之歌
声声盈耳，加紧编纂不朽的遗篇

盲人和半盲者抚摸琴钮和羽管
颖悟与记忆超人,以风为马
奋力鞭打几个世纪的接力
仔细记录出走的故事,女人和海
海一样的情欲和难分难解的杀戮
饮用毒芹之前的激越和后来的倦怠

悲剧总是感人,它常常来自喜剧
荒诞故事和冷幽默掺杂其中
谐谑的高手和猥亵的行家一起
登上堆满桂叶和勋章的殿堂

51

从一道窄门进入,蜿蜒而行
粗粝与细微的风景后面有嘘声

怒吼和温柔的泉，人所共知的奥秘
王冠化为风帽，权杖是一支拐
没有巨蟒的丛林等待吞噬
楚楚衣冠掩去阴险与狡诈

漩涡在街角后边，雄狮在屏风下面
昔日的山海巨妖扮成流苏垂荡
在妖娆和悠闲中魅惑一位
失意的少年和心有不甘的中年
他们相向而行，一起做了桨手
接受生冷沉重的盔甲和长矛

这一路没有西班牙人高矗的风车
只有长长的石钉路和咖啡馆的灯火
因为耽搁而未能按时抵达，滞留
回返和归去，被混乱的梦境缠住

52

让我们结识一个有名的坏孩子
发小的泼皮和浪子,恶作剧者
穿开裆裤拜见皇族和妃子
拾取独枝玫瑰轻轻一嗅
亲吻女子手背,忍住阵阵呃逆

晚餐吞下整条猪蹄膀
喝冰酒,拭唇,吃一点鹅肝酱
若有若无的乐声飘来燕尾服
端起苦茶,太酽,谢绝加糖

一颗躁痒的心失去狂野,浸在
爱琴海边的一个浅湾里,历经
十年漂泊,忍耐无尽的絮叨

厌烦所有假模假样的宣叙长调
在大幕拉合时吐出一句牢骚
没人听这一套，只记住洋蓟的味道

53

最不可抵御的是那些岛屿
发出的魔音，伸出透明长爪
水母一样的吸盘和滑润的纠扯
每一片光波上都有媚眼闪烁

碎银和玻璃做成的心，如同
一个脆弱的老人被强制抒情时
咽下的一汪苦水，饶了我吧
你妖娆的名字将被铭记，两位
凄苦的欧洲弃儿煞有介事

在阴暗不明的街巷踟蹰，喝下
呛人的西北风，它们无孔不入

身边的陪伴者成了救命稻草
怜惜能够让人苟延残喘，能够
对雪利酒指指点点，来一番评判
他与惆怅的少年前世有缘，全靠
另一位不幸的男子强拉到一起

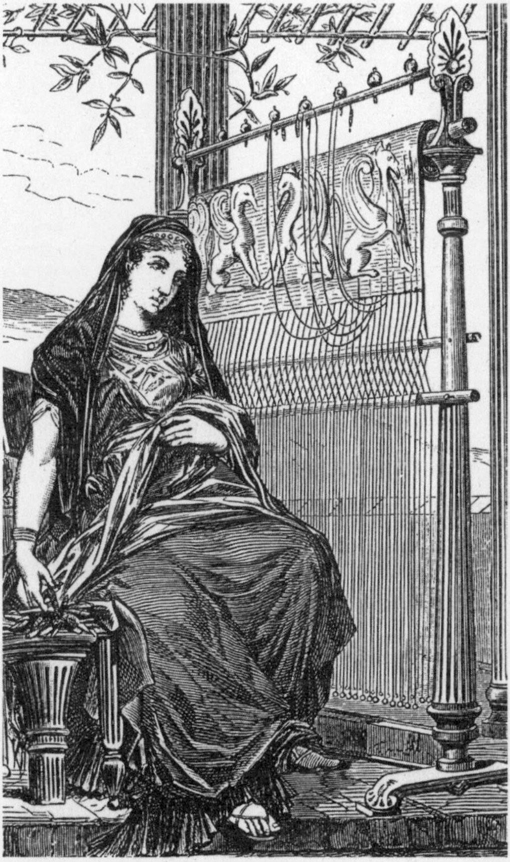

第三章　回家

54

当年的长短句像苦命人一样游荡
居无定所,梦不到未来的殿堂
文明的权杖压迫一片大陆,延至
更遥远的国度,黄鹂不再声张

哑喉者在仇谤和绝望中以酒浇愁
写下自戕的诅咒,对酒撒溺之快
愤愤不平的小心灵燃烧起来
蔚蓝的火苗颤颤抖抖燎烤吊壶
水终于开了,大家开始茶饮

从此掀开新的一页,败家子胜了
聚集一群小伙伴,黄口迷醉
他们在路上,在路上,开一辆破车

他们在路上,在路上,边走边唱
从西方到东方,憋坏了太多膀胱
我最先奉上祭坛,流血的羔羊

55

比呓语更呓语,比无聊更无聊
无赖的胡须割下,献给迷惘的国王
向下的快乐谁能拒绝,绷着太累
他首先在金碧辉煌的大厅里认尿
他亲手为逝去的游魂诏告追封

那一刻天地静寂,万物枯死
耽搁一瞬,不,延宕了好一会儿
才爆发出世纪的狂欢,这就是权力
蕴含的神威,它原来依仗卑微

凭借怨愤之力,然后借力发力
不幸者以不幸为饵,权贵者
以奴隶的血浇灌广漠的田园

欢呼震耳欲聋,只有一人阴笑
这个人穿了红色西服,留小胡须
孙儿歪头看他,一双诡秘的眼睛
有人说,天哪,这家伙聪明绝顶

56

所有奇迹的发端都极为相似
那是难以为继的困顿和徘徊
在晨昏颠倒和衣而卧的窘迫中
残留一丝游魂,摸索着爬起
摔破罐子,比谁摔得更响更起劲

这是一场迟来的摔破罐子比赛
胜者自己也是这样的罐子
他们从不惋惜更无畏惧,他们
最后失去的只有一条锁链
于是他们体面了,胡须打蜡
翘起来,有模有样,向那个
伟岸的真假盲人致敬,举手至耳
停留足够长的时间,掌声稀落

没有多少人看破,这其中奥妙太多
我歌唱爱情,我歌唱原野,我喜欢
那些亘古传唱的老歌,我永远
不把隐秘说破,从此嘴巴上锁

57

命定的王子总要归来,换了衣衫
啃食过土人的果子,不再拘谨
从头来过,那一杯辛酸和屈辱
让我们共饮,端起沉重的金杯
君臣如仪,好戏演得一丝不苟
最重要的还是妃子,女人,妖歌
从此可以听个不休,再无忌惮忧愁

谁还记得离家小子,他的模样
谁会驳斥王后奄奄一息的允诺
她的贞洁之躯在黑夜几度失窃
她的音容消失在亡灵的视野
她的不朽化入传说,她的酥臂
在大声宣示中早已变成泥屑

记忆在苦吟中,在讨要的口水里
由一餐一粒串成,断断续续

58

废弃的碉楼和自得其乐的男友
怨怼与温馨的生活,来来回回
摸摸索索,像鼹鼠掘穴般快乐
它们的眼睛并不重要,它们依靠
完美的嗅觉和触觉,油黑的皮袍
令皇后垂涎,那个丹麦人真会说

无限曲折的洞窟谁能穷尽,谁在
阳光普照之地指手画脚,谁就是
活在四维空间的异人,终生无缘
一夜无话,两不相扰,分床睡去

我们一大早唱鼹鼠之歌，小翻掌
舔得通红锃亮，我们唱啊唱啊
我们就是黑暗中的快乐国王
在未来的日子，在杳渺的国度
必有探险者光临，赞叹惊艳

59

冬虫夏草的变身术惊呆西方人
像传说一样乘筏渡海，东风
扩散得无人不知，来自宽额头
那个圣人的故乡，他们棋高一着
让终日忙碌和无所事事的人
让吞咽寒风竖起衣领的一位绅士
体面的良人，不贞之女恋恋不舍
过上更好的生活，改爬行为茂长

充分依赖露水和松软的土壤

绿植与报纸无关,与广告无关
从此不再关心生意场和图书馆
他们宣讲莎士比亚,他们啃食
火腿和面包,他们去墓地送别
四月是残忍的月份,生父之友
吐出一句金玉良言,位高誉隆

60

不知为名誉还是自尊而战,拐杖
如同长矛一样从不离身,戳向
冷寂的长街,发出单调的回音
矜持,彬彬有礼,遵循古礼
酿造一杯醇醪,献给死不瞑目者

狂野的心泼辣无畏，弑父之勇
藏在不苟言笑的面具后面，没人
察觉，他们以为遇到一只可怜虫
冷漠地看它蠕动，缓慢而又危险
凉风习习，无趣，看两眼走开

听过化蛹为蝶的故事，听过
隐忍和飞翔，那就打住吧先生
翩翩起舞的晴空下没有他的席位
有多大本钱做多大买卖
他将一直待在邋遢之地，位卑人微

61

一代代叙说远游的光荣，两耳生茧
那么多关隘和激战无非是男女间的

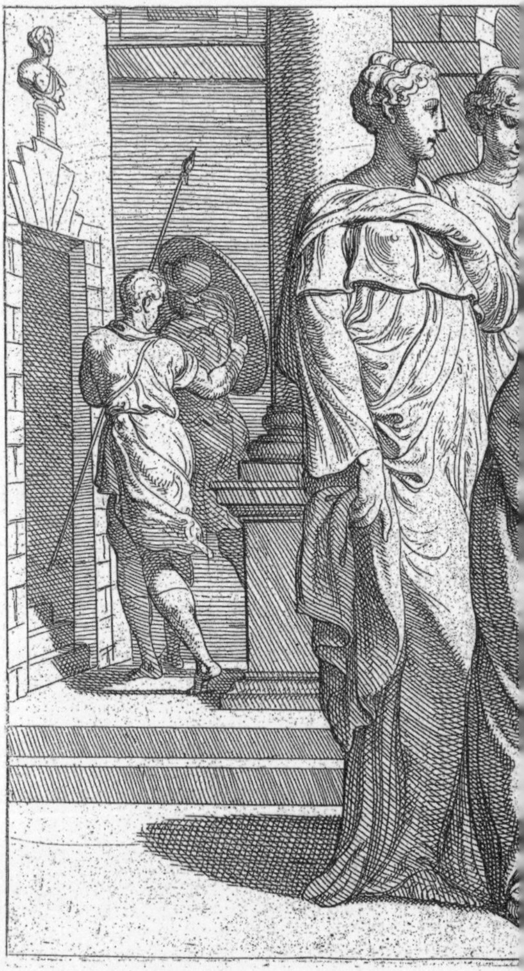

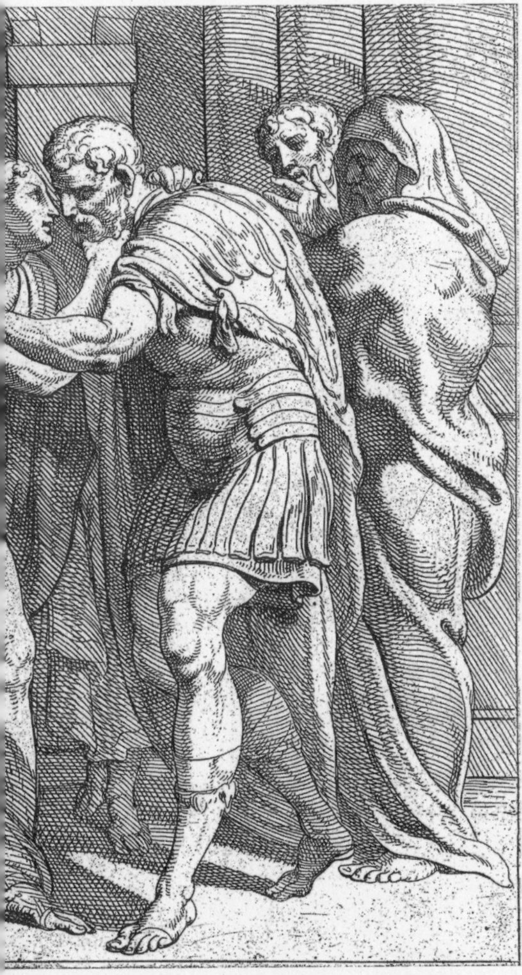

老故事,再加一点妖怪和油盐
只有傻子舍弃长夜,温柔之乡
只有莽汉迷恋崇高,血洒疆场
没有矛与盾的撞击,头盔滚落
草芒染成绛色,就没有高耸和宏阔
没有大理石的穹窿闪烁一片金色

咱们去分一杯羹,时间已经不早
钟楼的影子就是日晷,是否趑趄
全听兄长,不,全听父辈一句忠告
这里是荆丛和壕堑,分得一餐一饭
屋角蜷卧的是猛虎,毛皮斑斓
兄长只是一位谦卑的时光仆人
一身盔甲这般柔软,滑溜光顺
却能抵挡袭来的锋刃,让风
吹进口袋,不经耳轮,不必入心

62

我就是虚拟的英名,在街角
撞见世纪的挚友和恋人,他们
眯上迟钝的眼睛,可爱而又愚蠢
我就是,我双唇蠕动,险些吐露
惊天的隐秘,说破英雄惊煞人
巧借闻雷来掩饰,太过笨拙,别了

顺路拐入小店,听醉酒水手瞎扯
搏杀和沉船,海盗和帆,死亡
无非是鄙人正在经历的庸常
我们走吧,我们等不到灯火阑珊
婆娘的抱怨真够烦人,浑身散发
石灰酸的怪味,过来人不妨直说
身边是这样聪慧的孩子或小弟

我们走吧，弯巷后面是马具店
那里有个捎带割鸡眼的家伙
忙碌之间，海岬划来偷袭的船

63

一群无耻的求婚者围住王后
她慵懒高傲，偷偷约会歌手
不，她是歌手，对方是花花公子
回应和平衡的方法就是留一手
给女打字员噼噼啪啪写情书

潮汐正在起变化，老王深夜说道
凶险与豺狼四伏，夜声如潮
泡沫破碎的声音让人心惊肉跳
一场绞杀开始了，胜者施以先手

结局人人知晓,征战尚未停息
日常有鲜花也有刺球,耗子
最怕那东西塞进洞里,老王笑了

世上的大学问就是在合适的时间
塞入合适的刺球,或其他东西
阻断逃路的攻略万无一失,绝无
百密一疏之憾,百发百中
老王发出慨叹,天亮入睡

64

在水边,在阔大书房一角展读
才会了然,醒悟般合上纸页
天才的杜撰,将一个古典英名
默念三遍,探望盛开的紫罗兰

从此得知谶语常被谎言遮掩
砾石和泥土缝隙夹带玉粒金钻
不忍卒读，诳言淫语，废话连篇
痴人说梦和游民遗落的夜壶破伞
都要小心检视，万万不可等闲

那个一文不名的浪子半路吸上了
躲进昏暗小屋扯出一卷电报纸
不眠不休咔嚓了几个通宵
给当今绅士，所有衣冠楚楚者
扎针放血，世界害了热病，物欲
将人埋到脖颈，发出垂死的谵语

一针下去，打赤脚的毛头小子
先狠揍一顿，然后夸他真棒

65

他跟定精神的父亲，心生依恋
他原想寻找血缘，那条神秘的
亘古不变的牵拉，使其惶惶不安
巨大的阴影拖得很长，像一座山
多少人因为它的倒塌而活活埋葬
多少不幸和哀伤，多少孤儿

母亲同样可怜，囚于密闭的巢穴
梦见一条大船，令人胆寒的战舰
唯一的儿子还在海中追逐
一次次邂逅全是扯淡，太阳落山
父亲盘算钱，满脸羞红的打字员
抚摸乌发，拍拍肩，再次向前

居所的摆设已被轻轻挪动

天才的眼睛洞察秋毫，老旧的

市区，所有的人和事也都老旧了

66

在震耳欲聋的激流里奔走

衣兜里是油滋滋的一点盘缠

伸出和藏起的手有两种，枯或黏

分别用来轻轻抚弄和狠狠抓取

干瘦如柴的手比什么都狠

绵软的小手好一点，露出真颜

以革命的两手对付反革命的两手

专门伺候老兔子王，给它烟抽

它最爱德国三炮台和中国云烟

吞云吐雾咳嗽连连，大人曾国藩

因为害人的鸦片，毛子挑起战端
西印度公司功过相抵，不是好番
从那时起贩卖意识流，费去老乔
半生积蓄，手头拮据，度日如年

67

那桩延迟的婚姻太长了，典礼
险些拖到最后，总算圆满
循规蹈矩的张力归功于老派人物
无论多么荒唐都要领取执照
不可无照驾驶，总要有模有样

沾血的前一刻还是谦谦君子

举世闻名的好人，羞涩的杀手
账簿端向公堂，未来的法官个个肃穆
都是饱学之士，戴了吓人的发冠
传唤解剖师，听取证人和证言

这是人世间最长的讼案，没有
终结之期，只有流水般的宗卷
原想在拜占庭、希腊和东方结案
终究还是白忙一场，还是不了了之
主犯胡吃海喝，过得潇洒堂皇

68

掩卷而思，惆怅和激愤淹没午夜
忍不住唤醒恍惚易怒的小诗人
听一听缓缓苏醒的智慧和暴脾气

遥远之地有些微小的跳跃
那是激活的灵，像水波和晶体
像月光照亮的世界，而这边一片漆黑
荧光下看到的全然不同，阴郁
会葬送我的柔善和仁慈，痛苦
会笼罩我的清晰和明鉴，缄默
不语，倾听精细的深处金针垂地
捡到一只小手里，开始慈悲度人

我们用一个通宵打发这些劳什子
我们倦了，黎明前睡去，还梦见
那个人，那场宏渺浩瀚的交谈
是的，影射和俚语，西方知识大全

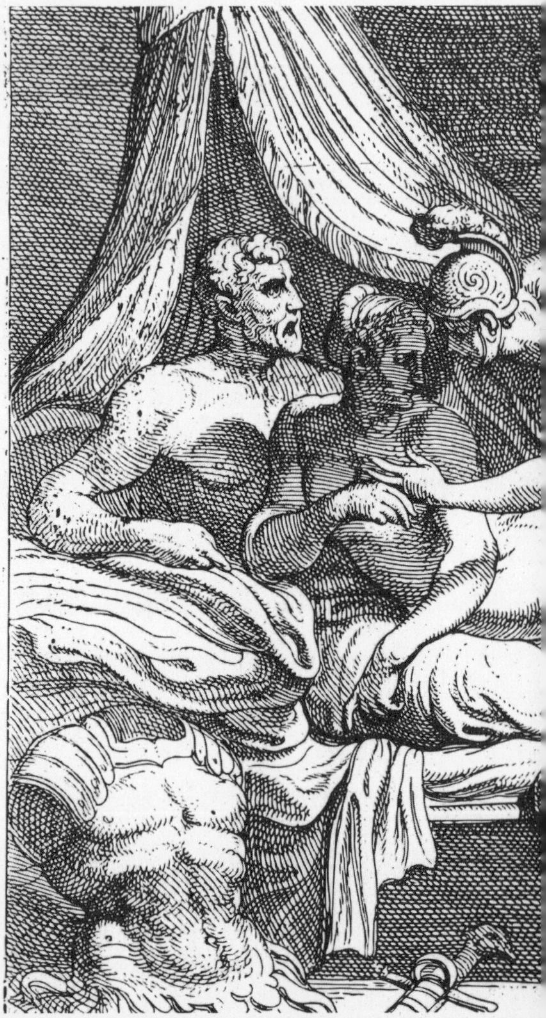

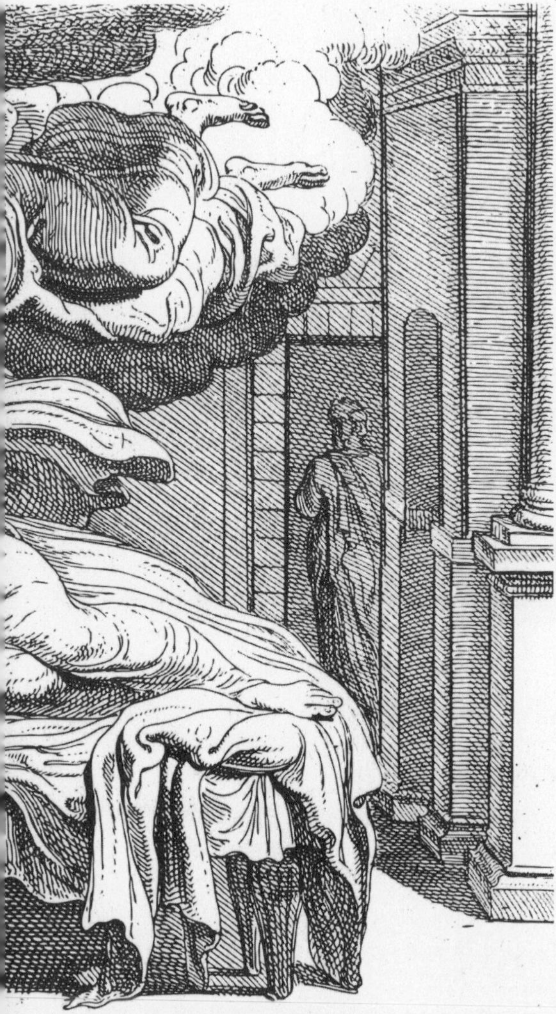

69

鼩鼱似的小眼睛格外尖亮
因为生存的粮秣无比重要
文明的仓储无限斑驳,种子
等待入土,萌生新的田园

好事之徒代代不绝,格外有闲
战事之余远离苦痛,折磨来了
相互磨损就是生活,它们拆开
就是日子,前提条件是要记住

遗忘是最大的浪费,针头线脑
逼人的口气和拐角的溺痕,一并
记上备忘录,其余不必多虑
上苍应允的,没有一件多余

有人宁愿闲逛破烂市,也不愿拆卸

钟表内脏,那些小轮子该交给傻帽

70

凌晨时分才发现走错了方向

又一次撞到守夜人简陋的大床

老头看护草料场,睡前沽酒

因为打扰的愤恼,嘟嘟囔囔

他因丽人而身陷牢狱,来此地

屈辱度日,了此残生,隐去姓名

没人知道白虎堂之变,还有林冲

天哪,所有的丰腴,丽人,名猫

都会化为灾殃,千万别忘启程处

那个岛上闪过的血光,复仇者

由此上路,往返于命定的屠场

自古的歌者食不果腹,仍要传唱
头顶桂叶,乞讨为生,无冕之王
来往于街市和殿堂,迷惘的职场

71

骚人能够颓唐,就成为现代之王
天问出自屈子,一副不改的衷肠
机声隆隆粉碎皇帝的新装
一千零一夜功成,人们不再正经
以千为纪的时光总会让人聪明

办大事须携上无所不包的骚篓子
里面应有尽有,鹅毛笔和鸡眼刀

还有罐头装的沼气和欺世大言
蜱虫、水蛭和假肢，几只死耗子

大享用者由轮椅推出屏风
他因无聊死去三次，他拥有一切
只喝萱草花上的第一滴晨露
只吃蝎子肝和小蜜蜂的里脊肉
一双枯眼阅尽人间春色，再次睁开
要看馊臭的芬芳和泣哭的蝈蝈
狐狸老婆的粗尾巴和一车嫁妆

72

离那个规定的时间还有十分钟
回家时正遇到鲤鱼打挺，酸腐气
夹带微微狐臭从腋下溢出

美妙总是过犹不及，反之同理

市长中意的物件，一市之长
还有风流小子，发油差得太多
最内向最喧哗，最羞涩最聒噪
雌雄合体的人儿实在难觅，他们
小腿绞绊着迈入，贱内高兴了

好好享用这一餐，以身示范
好比那个东方圣人沂水吹风
太严肃了不好，上苍不喜欢刻板
好孩子太多，新世纪不颁通行证
你不要太乖，尽可随意，请坐

73

茶棚中的密谈是敞开的,水手
在一旁喝劣酒,我们只要咖啡
霍霍响的马靴,粗人最有趣
活得太精致会有麻烦,烦恼自来

一位熟人的太太大咧咧
美丽贤淑嘴巴很大,勾人的好手
不知道谁有福了,这年头的战争
在壕沟里吃压缩饼干,无所不谈
死亡很近,又像月亮一样遥远

猜猜我有多爱你,使劲猜,孩子
说出来会惊掉下巴,掉链子了
没事,涉世不深正是你的长处

唇上茸毛可不是随便长的
我真想在庄严之地骂一句粗话
让他们陡增敬意，从头聆听

74

一条好腰带派不上用场，就好比
锦衣夜行，我要出示镀金钳子
牛皮可不是吹的，老族长所赠
如果比中产阶级高一点，又在
一些富豪之下，该庆幸还是沮丧
找个好人儿没问题，骚唧唧的

她们都是过去时，我说俱往矣
全部奥妙，天体物理，受虐有理
这是一卷长长的历史，与爱有关

但关系不大,主要还是受虐两字
需要编写一部词典,让高深莫测者
出任主编,你我给他张罗打杂

时光不早了,店家接连打烊
伙计们哈欠连天,吹灯拔蜡
两个无家可归者模仿流浪王子
派头无人能比,举止难掩清贵

75

做百无聊赖还是穷奢极欲之人
它们其实是两姨兄弟,一对表亲
一路说得太多,嘴巴渴出铁锈味
三人行必有我师,现在缺一人

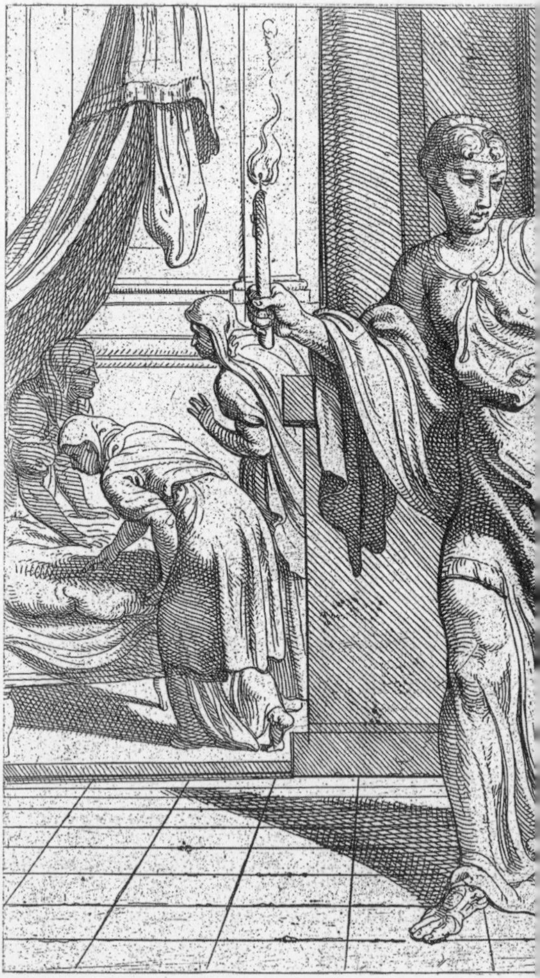

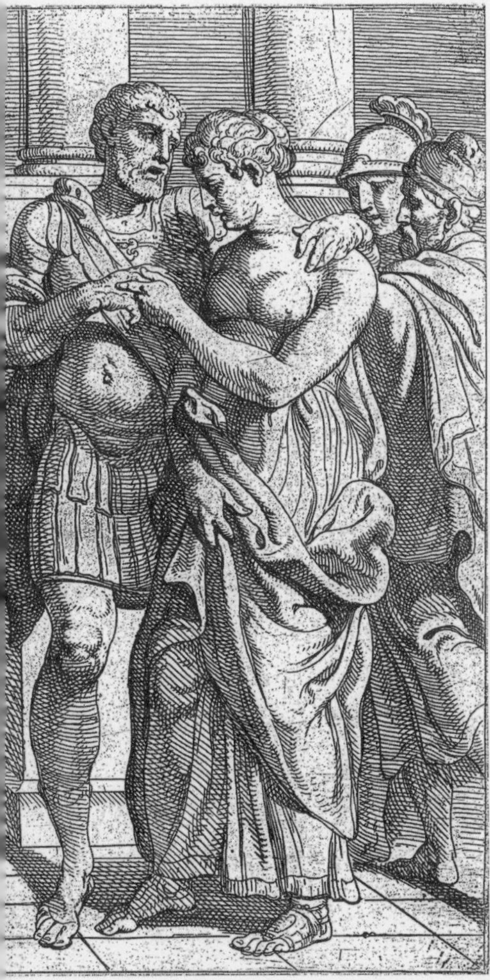

无恶不作的老好人藏在背后
把我们当成牵线木偶,老近视
谋略家,罪有应得,有些女人缘
一度也是天天倒霉,没机会

聪明人总把同情当成一手好牌
他早晚得赢,或者已经赢了
输掉的只有得意的男人,记住
那个捉弄人的刀笔手,他欠揍
一辈子自视甚高,傲慢,捉襟见肘
这个赌徒比陀思妥耶夫斯基
笔下的人还要狂妄,冷血和阴鸷

许多人走运,却不是他的对手

76

留恋的街灯一盏接一盏熄灭
温煦的窗口还在犹豫，一扇打开
等待那架有名的乔叟的梯子竖起来
好戏上演，屁滚尿流的跌落

时不我待，走吧，路特别短
好比即将终结的晚宴，分手时
我们不说再见，可以行贴脸礼
陈旧的巢散发鸡粪味，幻觉
有人等候总是好的，光棍们苦了
知足常乐的人怎样过好每一天
这是大学问，寸土寸金有惊无险

王子总要赢的，翻过苦难的大山

就会看见启明星,饱吸一口新风
那些小鸟醒来时,正是他的黎明

77

鱼肚白涨满晨雾,群岭荡起潮涌
又闻桨声,阵阵呼号点点帆影
这场孤注一掷的演奏已近尾声
这首绝望之歌唱到此刻,小号手
尖亮的独音窜到穹顶,震碎吊灯

没人惊呼,屏息静气,憋住
一口英雄气,看奇迹往上爬升
金属的光泽照亮整座大厅
金色逼人,睁不开眼睛,就在
倏然滑落的一瞬,一双大手伸出

波涌发出轰鸣，这般浑厚雄伟
比大河宽，是凯尔特海和爱琴海
相加的辽阔，平涨，淹没洞窟
真够来劲，疯狂，高潮留在最后

2023 年 3 月初稿
2024 年 3 月二稿
2024 年 5 月三稿

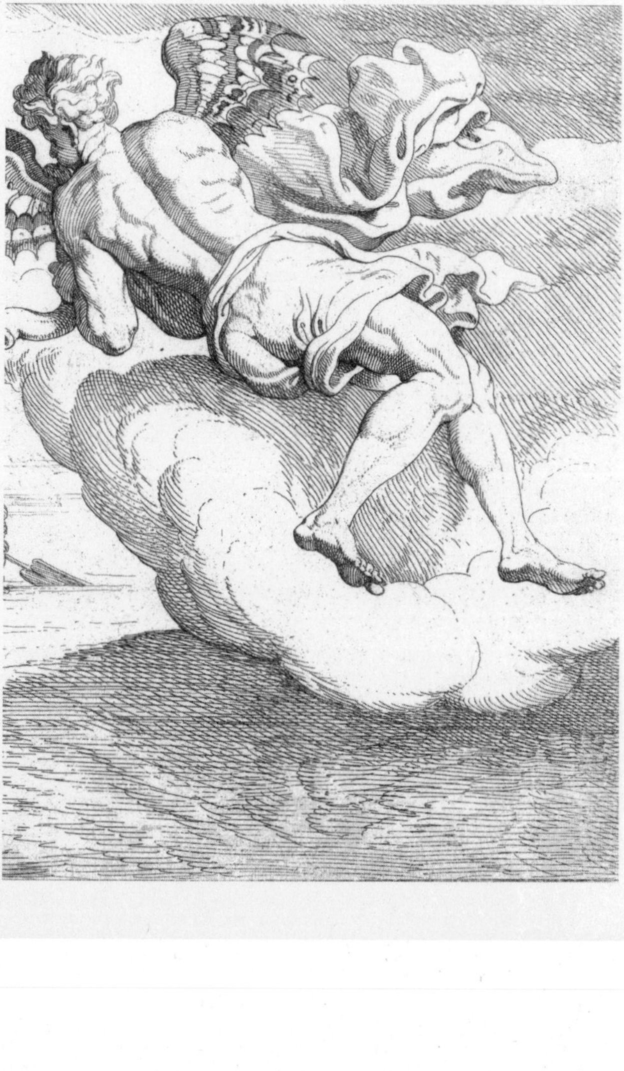

代跋

一路漂流到数字时代
——关于《爱琴海日落》的对话

张杰：《爱琴海日落——读〈尤利西斯〉》（以下简称《爱琴海日落》）有一种特殊的精神气质，阅读中波澜壮阔的微观历史、一日长于百年的感受扑面而来。这首长诗是否可以理解为您向詹姆斯·乔伊斯《尤利西斯》和荷马《奥德赛》的致敬之作？

张炜：它是一个当代人抬头遥望和低头深思之间留下的复杂痕迹。《奥德赛》作为一首不朽的古歌，西方文明的源头，竟然成为《尤利西斯》结构成篇的对应物，真是作者乔伊斯的癫狂。这种悍勇和奇思直到百年后也仍然让人诧异。它一路漂流到数字时代，所有的矛盾和纠结进一步向世人敞开，让我们驻足。

张杰:《爱琴海日落》纵跨《奥德赛》史诗性和《尤利西斯》现代表现主义两种表达方式,您如何理解《尤利西斯》和《奥德赛》之间的诗意和思想张力?

张炜:两部书同属于西方,后一部甚至是前一部绵长繁复的精神涧流,是余绪和漫延的支汊。乔伊斯也不是简单地对前者致敬,而是在依赖、寻觅、跟随的同时,流露出浪子的戏谑和嘲讽。这算是现代或后现代的追慕方式?不好回答。它绝望和荒凉的底色,可能是伟大史诗一路流淌到千年之后,预想不到的一片漫洇。乔伊斯笔下的"英雄"不乏油腻地游荡在爱尔兰街头,不能不说是一个文化悲剧。体会和吟味这悲剧,在今天格外引人深思。

张杰:《爱琴海日落》和《奥德赛》《尤利西斯》之间存在一种极度的书写自由,这种一致性如同爱琴海上的日光和空气。《爱琴海日落》如何获得这种自由和内在一致性?

张炜:梦想的英雄主义和庸常之辈的生存,惊涛骇浪的史诗长路与现代荒原，这其间有怎样的联系，又蕴含多少深不可测的幽玄，都是言说不尽的。为当代生活命名的野心在乔伊斯那里滋生，然后一路蔓延到今天，或者还有未来。我们离不开当下，我们就生存于当下，在速朽的轮回中也就少不了一次次回眸。个体的柔弱和强大都表现在这个过程中，也只有个体才拥有这样的可能和权利。

张杰：《爱琴海日落》和《尤利西斯》《奥德赛》的内在气质上高度统一，东方游荡者和西方漂泊者的精神对应和暗合，让人不免想到长河小说《你在高原》，《爱琴海日落》是否可以理解为您以诗歌形式进行的又一次精神跋涉？

张炜：对应和质疑，向往和厌烦，惊愕和冷静，还有更多对立的情绪都会出现。然而一切首先还是起始于"对应"，这是话语衍生的依据和由来。乔伊斯无以言喻的浑然交错的思绪，最终选择了《尤利西斯》这样的妙笔或捷径。这既是一种不得已，又是一次孤注一掷。时至今日，有他在前边蹚路，我们就不需要在这个方面显示更多的勇气了。《你在高原》对我来说是艰难的一程，它耗掉了我二十二年的时间。

张杰：从写作层面上看，《爱琴海日落》有一种"返古现象"，和当下智识性写作存在一种反向对冲：有意将时空和标准拉回史诗时代，回到人类文明起点的设定，对历史构成一种客观的"反讽"。这种精神书写的设置出于何种深意？

张炜：乔伊斯引为坐标的那部史诗，是口耳相传的民间文学，这个需要一再地确认。因为常识会在某种书写习惯中被人忽略和遗忘。与其他文学形式不同，诗的吟咏性是最为显著的，只是后来，现代诗人们自觉不自觉地将其舍弃了。他们往往认为有更重大的目标需要抵达和实现。这是不成立的。诗的吟咏性是起码的，其他可以另说。形而上、智性、宏巨、奇异的创制等等一切都要在吟咏中进行。寻找遥远的音韵和节奏，从东到西无倦无休，这其中的意义可能远远超出了诗的形制本身。

张杰:《爱琴海日落》架构出无法言说的巨大空间和时间跨度,是否可以这样理解——《奥德赛》提供了一种时间参照系统,《尤利西斯》提供了一种空间参照系统,这部长诗则试图于两者之间建立三维格局?

张炜:《尤利西斯》用十八小时的街头游走借喻那位古希腊英雄的十年漂泊,时间这样浓缩,也就不得不展示都柏林微细的局部、人与物的琐屑,用无以承受之轻应答无以承受之重。日常的都柏林也是危机四伏和惊心动魄的,也须经历"生死之险"。由此看来,这还不能视为乔氏的强力引申和借题发挥。比起它当年对时代命名的雄心,我们今天的书写显得苍白了:命名的意图难以遮掩,但实际上总是勉为其难。这大概是一个不可能完成的任务。

张杰:《爱琴海日落》很明显深刻感受到《奥德赛》所处的时代和《尤利西斯》如日中天的工业文明时代,人类精神所经历的极其复杂的演变。《爱琴海日落》如何理解和表达这种演变?

17

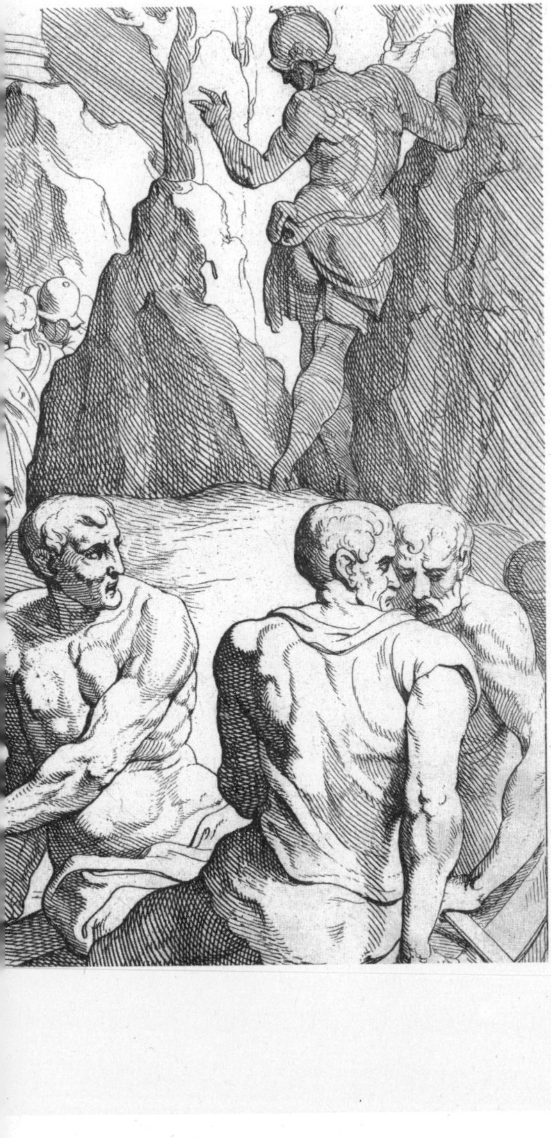

张炜：当年的乔伊斯无论就精神还是物质层面，都处于一种幽怨悲绝的境地。他的智量和达观，敏感和才华，只在某些时段起到一些援助和缓解的作用。书生的能量和无力总是并行的。《尤利西斯》在诞生后的一百多年里，并未因其晦涩而遭受冷寂，连最容易产生鄙夷之情的同行都一再瞩目，这其中的主要原因还得归结于他们的普遍心绪。许多时候人们会觉得自己正与乔伊斯一起蹉跎，一起悲哀。文明的演进如同艺术本身，它难以线性发展，也不会简单地接续和进步，这当是人类的哀伤之源。

张杰：荷马时期的多神时代，人类仿佛生活在相对自由的空间，由此获得了一种人神共情的主体性，却也由此带来人性的堕落、危险和罪恶，以至付出惨重的代价，仿佛连同其后时空并置的《尤利西斯》时代，世界陷入十八个小时的静止状态。《爱琴海日落》在这两种话语系统下，呈现出与之对应的东方书写，把人类复杂的时空和历史统摄在同一场域，这种穿透并整合东西方文化的表达，基于怎样的人文诉求？

张炜：史诗时代的粗蛮血腥，连同它的英雄主义，一起被记述和重塑，对此我们早已习惯了。对遥远的致敬是人类的一种自慰方法或仪式。其实悲剧上演的不同地点不同方式，最终都难以改变它的性质。东方是另一个地点，除此之外还有许多地点。地点和性质，时间和空间，宏渺和细部，其中的主角仍旧是人，是人的炽烈欲望。面对这一切浩繁和堆叠，仅仅是无言还不够，因为无言只是一个阶段、一种生命的无奈。言说是一种常态，吟咏也是。那部史诗的主要记录和传递者据说是一位不幸的盲人，而我们现在需要同时面对的，是他的不幸与不朽。乔伊斯就现实境遇来说也够不幸了，但他留下的一部"呓语"却很难被人遗忘。

张杰：《爱琴海日落》既让西方人看懂东方，又为东方世界掀开西方本质的面纱，以诗歌方式来表达这种跨越式的探索，在写作过程中会遭遇怎样的技术难度？

张炜：《尤利西斯》是诗的属性，尽管标示为"小说"。它是一部长篇散文诗，因此才从言说形式上找到了自由。这样看,作者的晦涩也就理所当然了。而"小说"作为世俗之物,人们可以多方挑剔,也容易插嘴。纯诗则不然,它是不可解的,大多数不可解。真正的好诗只能期待大读者,他们会走入这种"不可解"。乔伊斯压根就不想让人理解,他曾有言:这部书在今后几百年中也不会让研究者弄懂。既然作者有了这个主意,他人也就不可能弄懂。不让人弄懂并不是本事,小道而已;不过从小道中求得大道,还真的需要本事。

张杰:"威士忌与五十三度的透明液体""弑父者与李白的炊烟""端起东方人迷惑的白瓷小杯"……这种跨时空的诗思比对的确令人沉醉,让人感到另一种神思。《爱琴海日落》如何获得了这种观照力和穿透力?

张炜:通常,时空跨度较大的联想,还有密集的用典和意象,只不过是一种表层现象。它真正具备内容的坚实,才是最难的。今天我们会觉得,《尤利西斯》作为一种"现象级",只不过是在这个层面上得到了过分的关注,受到的评价也过高了。实际上它究竟在多大程度上深刻地感动了人心，还是一个问号。杰作必有撼动人心的力量，而不仅是智性的欣快。就此而言，关于它的许多悖论也就产生了。形式的难度，在更高一级的文学那里从来不是最主要的，有时甚至不在话下。真正的难度在哪里？在内容，在精神质地。书中的某些方法在后世得到娴熟的模仿和一再的重复，说明它从诞生之日起，就包含了某些现代主义的陈词滥调。

张杰：跨越式历史时空叙事需要相应的生命能量，也给书写带来诸多难度，您采用的是一种洗尽铅华的表达方式。面对重大的历史命题，作家往往容易用力过猛和动作僵硬，而您在《爱琴海日落》中却做到了举重若轻、游刃有余。我特别注意到您除了把时光返回历史和人性的原点，还使用了解构的方法，把时空书写变成日常书写，把历史书写化为自然呈现，这是否与您长期驾驭和把控长河叙事的经验有关？

张炜：在千头万绪中向前总是举步维艰。所有现代人的朴实歌吟，都会将一根现实之弦绷紧。当年那个怪杰乔伊斯也是这样做的,他没有其他路径。他短短的一生,艰难的跋涉时间还不到六十年。深刻的悲剧性就在时间与生命感受的这种对应中。如何表达和把握,是许多敏感的写作者都要面对的。

张杰:"全凭高耸的屋顶""在老奸巨猾的庄园里/大伯爵为孩子写下那么多好故事"……《爱琴海日落》里大量使用了双关、隐喻甚至歧义等多维度书写,这种隐喻性无疑会给写作和解读带来更大难度,却使整部长诗逾越了,文本品质不断提升。在写作中您如何处理这些"难与易"的矛盾?

张炜:对于阅读来说,懂者自然会懂,不懂者恒不懂。高看读者,是对读者的最大敬重。最难的是写作者自己的不畏惧:有勇气处理所有深晦艰异的问题,同时有一种极为朴实和认真的态度,杜绝一切迁就和机会主义的心理。难和易,会在这种基本的写作态度中得到统一。

张杰:"石头""沉默"等意象的使用,使《爱琴海日落》这部长诗的历史、时空和人性书写，具有一种自然而然的客观性和实体性，让人感受理性精神的内核，控制历史和现实书写的方向和质地，这种把控力是如何获得的？

张炜：顽石的力量，不语的力量，是最容易理解的。这二者又常常是一回事。历史和现实，遥远和切近，所有这些相加相叠，沉淀滋生出的无奈和苦难，欣悦和痛楚，最后让人不得不用顽石之心去对待：挺住就是一切（因为"没有胜利可言"）。这样的认知也是一种心灵质地，它会决定书写质地。

张杰：这里不免要提到《爱琴海日落》和《尤利西斯》里的绝对价值层次，西方反原教旨主义是现代主义的宿命，如同东方世俗主义和功利主义大行其道，这是否可视为一种世界性潮流？

张炜：我们认同现代主义的"并置"，不过是一种承受和退却方式。单说艺术领域，尤其是诗这种极致的表达形式，已经被芜繁的争执与形形色色的现代主义

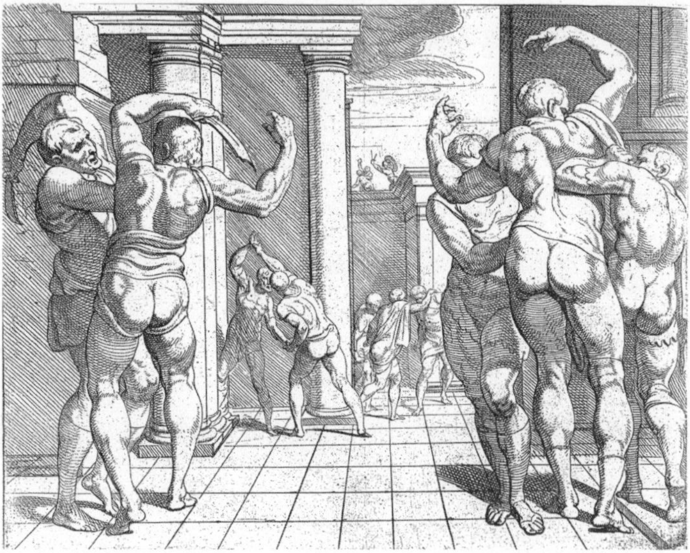

悖论死死缠住，仿佛"并置"就是一切，是标准，是可能，是背向所有传统的臣服。比起艾略特不能忍受的那个时代的审美的"拆毁"和"崩塌"，现在已经走得更远，远到无法忧虑的境地。不过也正是如此，透过"荒原"和乔伊斯式的十八小时浪游，经历这样的惊险和悲苦，我们会变得越发不甘。纯与倔应该是人性中更强大的存在，它不会在"并置"中完全消亡。

张杰：在《尤利西斯》中，无所事事的叙事状态像是一种常态，可谓史诗的另一形态，可现在连无所事事都成了一种奢侈和多余，是否可以由此言及《爱琴海日落》当下的意义和价值？

张炜：数字时代把物质主义催生的后现代也赶到了角落，它无处可去了。工业和后工业时代的浪子堪忧，那些俱已成为往昔的浪漫。看破和再看破，而后又会怎样，这是诗人们尝试回答的。即便是自说自话，也有意义。空前的嘈杂覆盖了星空，问题的严重性就在这里。真实的情形是星空还在，我们自己去了哪里？这难道不是当代人最该追问的吗?

张杰:史诗的日常性——现代主义环境下的变种,是否可以说《爱琴海日落》在《奥德赛》和《尤利西斯》之间起到一种衔接和缓冲作用?

张炜:乔伊斯的这部奇书不是史诗的正果,而是一次生物学上的植株变异。它具有反史诗性。正是它的极度反叛性格,才生成了主要价值。它不相信,它讪笑和泣哭,它叹息,它嘲弄所有的道貌岸然。它破罐子破摔,而且本身就是一个破罐子。如果认为它是积极的,那只能是相当程度的误读。它的勇气是有的,但它主要不是在许多人认为的那种方向上逞勇施悍。它其实是、它不过是,凭借一无所有者的勇气,试图解除身上最后的锁链。

张杰:关于东方叙事用典、东方意象,在某些段落颇具优势,一个隐性的世界慢慢展开,一幕大剧徐徐铺展,如同爱琴海的反向叙事。这些富有东方典型色彩的部分有着内在肌理,大家甚至不解这些年来您为何一直致力于此?

张炜：在中国古诗漫漫无边的广漠中跋涉，也会感受一些爱琴海的腥湿。这片广漠属于东方，而今天的东方已转向现代自由诗的写作。自由诗的狂掷生猛带来的诱惑不可抵御，这是有目共睹的。可是无论东方还是西方，诗人一旦失去格律平仄时代的严格束缚，不从这条路上继承和挣扎而出，或许会变得轻浮和轻率，变得漫无边际失去张力。东方固然没有一首可与古希腊媲美的长吟，可是有《诗经》中"风"的短吟，汇集一起也蔚为壮观。东方之东，尽头，这边的歌吟从中原大地再到海角，呈现出一种无所不包的浑茫气象。

张杰："好比那个东方圣人沂水吹风/太严肃了不好，上苍不喜欢刻板"，这种人类东西文明联结、普遍人性彰显和人本主义时代的东方形象，及其由此获得的一致性，横亘在人类史诗和现代主义中间地带。在地球村时代，您试图以这种方式使世界得以还原？

张炜：洗洗沂水吹吹风，是当年孔子心目中的理想生活。可见令人疲惫的国之大事，最后通向的不过是更为健康的个人生活。人的理念究竟有多崇高？它的止境和终点又在哪里？如果让所有人都在永久的拼搏中矻矻辗转，谁留下来享受沂水和风？将所有的机会留给无法亲历的未来，那么未来又属于谁？这样的设问最终是没法回避的，它极简单又极尖利。

张杰：从阅读角度看，《爱琴海日落》给读者设定了极高的阅读门槛，可以说这首长诗故意设置了它的阅读难度，甚至可以视为一个时代阅读的试金石。没有相应的东西方阅读经验和文本穿透力，对这部长诗可能完全不知所云。这无疑是一种解读风险，如此设定出于何种深意？

张炜：在我来说，阅读难度不仅不是故意设计，而且还是尽一切力量、寻找一切机会与可能回避晦涩。不过这仍然要看着手处理的问题是怎样的。太过艰难繁复，那么整个过程往往会是坎坷曲折的。读者如果愿意共同面对这些问题，阅读障碍也就少了。当代人是否能够置身于一些特别的时段，去接触某类历史和文化难题，结

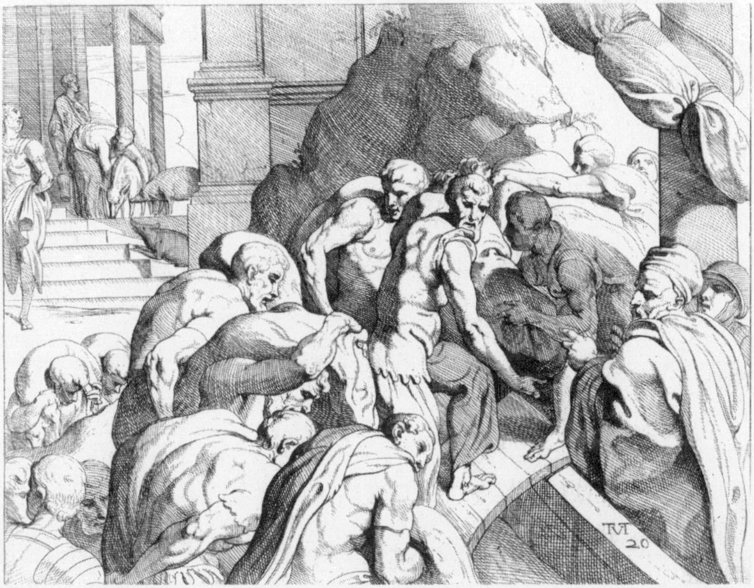
20

果自然是不同的。人的遭遇无法回避,任何时代都只能直面。嚎叫,荒原,在路上,这些事情彼时已经有人做过,今天轮到考验我们的时候了。

张杰:《爱琴海日落》这部以诗歌方式填补精神空白之书,无疑给这个残缺破碎世界提供珍贵的慰藉,对于这部长诗的阅读和读者,您有怎样的期待?

张炜:乔伊斯的那部天书让人沮丧,却没有让所有人全都退却。它蕴含的深忧与反抗,更有时代之问,是他们不愿退却的缘由。这也是诗人的职责。有这样的牵念,就有了写作和阅读。所谓的懂,在诗和散文那里不是同一个目标。就诗的目标来看,要实现的大致是另外一种。这部长诗是写给不退却者的,他们时多时少,但永远存在。

张杰:《爱琴海日落》和《奥德赛》《尤利西斯》一样,有一种永远向未来敞开的性格,如同德勒兹和好友加塔利所谓"一个从不终止,总是在生产之过程中的新世界",您如何看待文本的再生性特征?

张炜:杰出的精神结晶一定包含了过去、现在和未来,它是三位一体,因为精神的生成和存在就由这三者决定。相互割断是一种短视,而短视一定是不足以成事的。一个诗人可以同时向前、停滞和向后,在随时随地的恍惚和不确定中走向远方,完成某个文本。我想说,这正是自己的期待,不过要实现是很难的。

张杰:依照现代性复杂性的规律,后现代碎片化的特征,文本变得形式越来越复杂,在精神向度上却越来越破碎化、零乱化,《爱琴海日落》却用最平易、简单甚至看上去形而下的述说语言,表达深邃的逻辑和诗意,这是否来自一种德里达所谓的解构主义,是否可把《爱琴海日落》视为用心良苦的一剂良方?

张炜:诗人对一次吟唱抱有大功告成的期待,那未免太过幼稚了。不过前面说过,诗人的"纯倔"应当是自然而然的。这不能是姿态,而只能是生命质地。朴实是最重要的品质,谦逊也是最重要的品质。努力说出真

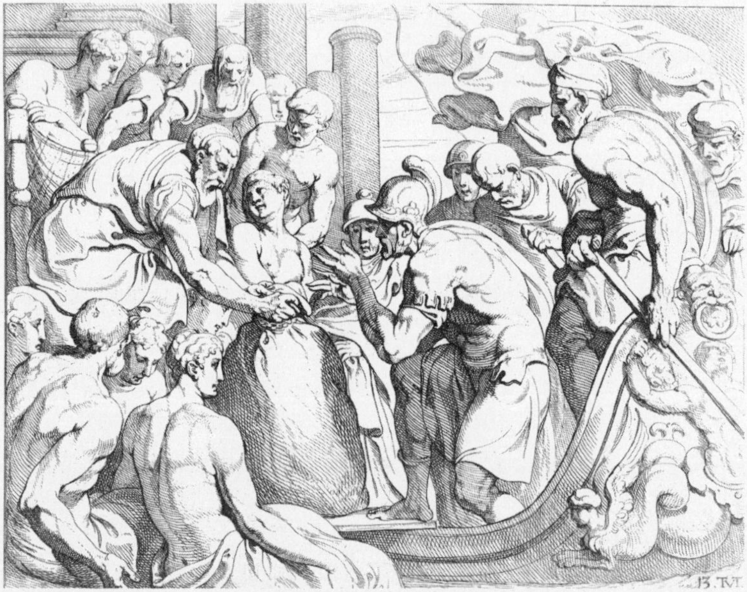

实的感受和见识，这于诗的表达有着决定性的意义。诗近似于纯音乐，它需要用最柔软的物质去结构和制造，而现有的词汇和成词都具有固定的长度和硬度，使用者必得反复打量，把它们一次次折断和磨碎后再使用。现代自由诗的这种折磨方式令人懊丧，可是又没有他法。仅这一点也会造成阅读障碍。好在我们有音乐的例子，那就权当一首纯音乐、一支交响乐来倾听吧。

2024 年 6 月 19 日

爱琴海日落

AIQINHAI RILUO

图书在版编目（CIP）数据

爱琴海日落：读《尤利西斯》/ 张炜著. -- 桂林：广西师范大学出版社，2024. 10. -- ISBN 978-7-5598-7412-2

Ⅰ. I227

中国国家版本馆 CIP 数据核字第 202468DC81 号

广西师范大学出版社出版发行

广西桂林市五里店路 9 号　　邮政编码：541004

网址：http://www.bbtpress.com

出版人：黄轩庄

全国新华书店经销

北京中科印刷有限公司印刷

北京市通州区宋庄工业区一号楼 101 号　邮政编码：101118

开本：880 mm × 1 230 mm　1/32

印张：4.875　插页：2　字数：30 千

2024 年 10 月第 1 版　2024 年 10 月第 1 次印刷

印数：0 001~5 000 册　定价：58.00 元

如发现印装质量问题，影响阅读，请与出版社发行部门联系调换。